Nadja Hebert

Geschichten am Rand - „Lebenslichter"

28 Kurzgeschichten von Heimbewohnern
und alltagsrelevante Tipps
sowie Lebensweisheiten für Angehörige
von Menschen mit Demenz

© 2021 Nadja Hebert

Verlag und Druck:
tredition GmbH, Halenreie 40-44, 22359 Hamburg

ISBN
Paperback: 978-3-347-19059-7
Hardcover: 978-3-347-19060-3
e-Book: 978-3-347-19061-0

Originalausgabe 2021
nadja-hebert-demenzberatung@freenet.de

Ich bin stolze Mutter, liebende und geliebte Ehefrau und naturverbundene Fellnasenliebhaberin. Auf Grund der Krankheitsgeschichte meines Vaters und dem Erleben seines Sterbeprozesses bin ich nicht nur beruflich, sondern auch privat, auf die große Herausforderung Demenz gestoßen. Mein Antrieb ist der tiefe Wunsch, die Menschen an die Hand zu nehmen, die sich tagtäglich der Pflege eines Angehörigen oder Anvertrauten widmen. Dieses allumfassende Krankheitsbild der Demenz schafft auf beiden Seiten Leiden und es ist bedeutsam für Lachen, Vertrauen, eine positive Sichtweise, Kraft und Verschnaufpausen zu sorgen.

Seit 2001 arbeite ich, anfangs als Ergotherapeutin, in den letzten Jahren als Ethikberaterin, Demenzberaterin und auch als Beraterin zu Fragen der gesundheitlichen Versorgungsplanung in der letzten Lebensphase in verschiedenen Einrichtungen mit Senioren und ihren Angehörigen.

Seit November 2020 biete ich mein fachliches Wissen und meine persönliche Beratung, in der die individuelle Situation analysiert und Lösungen erarbeitet werden, auf meiner Webseite an www.hilfezentrum-demenz.de.

Im Entstehen: www.leichtigkeitsschmiede.info

Für Dich mit Liebe geschrieben!

INHALT

Was ich Ihnen mit diesem Buch schenke

Alte Menschen verbergen einen leuchtenden, wertvollen Schatz hinter der rissigen Fassade!

Geschichten am Rand –„Lebenslichter" ist ein wahres Herzensprojekt.
Ich schenke Ihnen mit diesem Buch die Möglichkeit, einen Monat lang jeden Tag für fünfzehn Minuten in einen individuellen Lebensmoment einzutauchen und einen Impuls zum Krankheitsbild Demenz zu entdecken
Ich lade Sie ein, dem Leben, der Krankheit, dem Altern und Sterben offen gegenüber zu stehen. Entdecken Sie Geschichten von Bewohnern eines Pflegeheims, so wie ich sie erlebt und verstanden habe. Meine Wahrnehmung ihrer Gedanken und Gefühlswelten, die sich durch viele Gespräche und Besuche auf Grund meiner Tätigkeit als Therapeutin, Ethik- und Demenzberaterin herauskristallisiert hat. Begeben Sie sich in die Welt eines großen Hauses, welches angefüllt ist mit wundervollen Seelen.
Mein Anspruch an dieses Buch war nicht das Schreiben eines nächsten theoretischen Ratgebers, sondern das in Szene setzen von individuellen Lebenslichtern und ihren „Geschichten am Rand" des Lebens. Das Einfügen von einfachen und verständlichen Tipps zum Umgang mit Demenz und Lebensweisheiten, die im Pflegealltag umgesetzt werden können, war mir eine Herzensangelegenheit. Die vielen Gespräche in den letzten Jahren haben mir verdeutlicht, dass Angehörige oftmals zu wenig beachtet werden und dringend Unterstützung benötigen!
Persönlich und auch beruflich erlebe ich, dass eine der größten Herausforderungen innerhalb einer Familie, die Pflege eines an

Demenz erkrankten Angehörigen ist. Kaum etwas ist noch vorhersehbar und bei jedem Betroffenen entdeckt man ein anderes Gesicht dieses „Nebelmonsters". Angehörige, die sich dieser Belastung stellen, haben meinen höchsten Respekt.

Nicht nur beruflich, sondern auch privat hat das Krankheitsbild Demenz mein Leben geprägt. Die Persönlichkeit meines Vaters war in seinen letzten Lebensjahren durch verschiedene Krebserkrankungen und durch dieses schleichende Vergessen und die damit einhergehenden Verhaltensveränderungen immer mehr in den Hintergrund gedrängt worden.

Ich lade Sie herzlich dazu ein, einen Monat lang jeden Tag eine Geschichte zu lesen und einen Impuls zu verinnerlichen. Machen Sie es zu einem geliebten Ritual und schenken Sie sich danach eine Minute Dankbarkeitsmeditation. Zählen Sie in Gedanken auf, was sie in ihrem Leben erfreut und wofür Sie zutiefst dankbar sind. Das schenkt einen friedvollen Moment der Stille und lässt Sorgen kleiner werden.

PS: Sie mögen mir verzeihen, denn auf den nun folgenden Seiten werde ich Sie herzhaft duzen. Das Thema Demenz ist so persönlich und allumfassend, dass ich Sie mitnehme in meine Gedankenwelt und Sie bitte mir zu folgen und offen zu sein, gegenüber dem, was Sie lesen und fühlen.

Auf ein herzliches DU!

DEMENZ

Der Verstand schwindet und

Erlernen wird der Vergangenheit angehören, doch

Mit dem Herzen zu sehen und

Emotionen zu spüren wirst du

NICHT

Zerstören!

N.Hebert

Kapitel 1

Das Model

Glücklich lächelnd gehe ich mit meiner süßen Tochter an der Hand in dieses große lichtdurchflutete Haus, angefüllt mit einzelnen Schicksalen und Geschichten am Rand. Ich arbeite hier, pflege alte Menschen und versuche ihnen einen mit Wärme angefüllten Lebensabend zu verschaffen. Von Tag zu Tag wird mir bewusster, wie anspruchsvoll und andererseits erfüllend diese Arbeit ist. Heute bin ich in Zivil hier und möchte einer sehr alten, klugen und liebesbedürftigen Bewohnerin zum Geburtstag gratulieren. Schon vom ersten Augenblick unseres Kennenlernens an, besteht eine enge Bindung zwischen uns und sie scheint besonders meine Mädchen ins Herz geschlossen zu haben. Sie erzählt mir gern Geschichten aus ihrem Leben und wir schauen uns gemeinsam Fotos aus früheren Tagen an. Sie war eine wunderschöne, schlanke und langhaarige Blondine mit Eleganz und wachen Augen.
Manchmal, wenn ich sie von der Seite anblicke, kann ich diese Frau von damals sehen. Doch langsam erlischt ihre innere Flamme. In den letzten Tagen sieht sie oft sehr müde aus. Sie spricht vom Sterben und ihren Krankheiten. Besonders der Darm macht ihr sehr zu schaffen...

Blut...immer wieder dieses Blut. Die Ärzte reden von Darmbluten, irgendeiner chronischen Sache. Wie hieß die nur? Latein hat mir nie gelegen. Über 90 Jahre Lebenserfahrung und doch so nichts wissend. Bildung wurde in meiner Kindheit großgeschrieben. Ich lernte Klavier, konnte Taschentücher umhäkeln und Goethe rezitieren. Jetzt brauche ich dicke Brillengläser um die Umrandung des Bettes erkennen zu können und mit dem Hören ist es auch nicht gut bestellt. Trost empfinde ich nur in Gesprächen mit den wenigen Menschen, die meine Nähe suchen. Natürlich gibt es die Schwestern, die sich manchmal ein paar Minuten nehmen, aber das fühlt sich an wie das Reichen von Almosen. Nur dieses kleine Mädchen, das da ab und zu an mein Bett kommt, meine Hand streichelt und mir einen unschuldigen Kuss auf die Wange gibt, zaubert mir ein Lächeln auf die Lippen. Ihre Haut ist wundervoll weich und sie riecht nach Wildrosen. Ich vergesse immer ihren Namen, aber unter hunderten würde ich sie erkennen. Die Herzenswärme die sie ausstrahlt und die fehlende Angst vor meinem ausgemergelten Körper machen mich manchmal sprachlos. Ich selbst hatte nie diese Wirkung auf Menschen. Als junge Frau präsentierte ich nur zu gern meine Schönheit. Immer ein wenig erhaben und kühl. Ich liebte meinen Körper und die Grazie meiner schwingenden Hüften, wenn ich Kleider vorführte. Viele dieser farbenfrohen Stoffhüllen sind durch meine Hände entstanden. Seide faszinierte mich und übte fast schon eine Erotik aus. Das Thema Schönheit zog sich durch mein gesamtes Leben. Noch heute frisiere ich meine Haare und suche mir meine Kleidung aus, obgleich ich dabei Schmerzen erleide in meinen müden und knochigen Fingern. Manche Tage möchte ich das alles nicht mehr. Eine Handvoll Tabletten am Morgen, fremde Hände, die meinen Körper waschen, Augen, die jede Falte und jeden Altersfleck wahrnehmen und vorwurfsvolle Blicke, wenn ich nachts eine neue Windel brauche. Heutzutage wird das Inkontinenzmaterial genannt. Als ob es das besser machen würde. Es ist und bleibt eine Windel und dieses Stück Watte mit Plastik nimmt mir jede Form von Privatsphäre. Es ist beschämend und frustrierend, nicht selbst für die eigene Hygiene sorgen zu können und das Gefühl im eigenen Dreck und Blut zu liegen lässt mich innerlich aufschreien und ich möchte gehen dürfen, aber scheinbar hat Gott andere Pläne, oder hat er mich vergessen? Mein Grabstein ist bereits bezahlt und ich weiß auch, wo meine kupferfarbene Urne beigesetzt werden wird. Oft stelle ich mir vor, wie meine Töchter am Grab stehen. Vier Kinder unter großen Schmerzen geboren und fast gänzlich ohne Hilfe an meiner Seite aufgezogen. Mein Mann, ein Ostpreuße, war ein Choleriker und sexsüchtig. Er hat unter viele Weiberröcke geschaut und ich stellte mich blind. Da ist keine Emotion, die ich nicht erfahren habe. Große Freude als Mutter, Trauer um den Verlust der eigenen Schönheit und Angst vor den Gewalttätigkeiten des Mannsbildes.

Es gibt nichts Neues mehr zu fühlen, meine Seele ist wohlgenährt und wird sich bald dieses geschundenen und vernarbten Körpers entledigen. Ich will nicht jammern oder barmen. Das Leben findet stets einen Weg und wenn ich die Augen schließen werde, wird ein kleines Mädchen anderen Menschen von einer alten weißhaarigen Frau erzählen, die sich immer so gefreut hat, wenn sie sie gestreichelt hat.

Meine Tochter sitzt auf dem Bettrand und hält ihre Hand. Die zwei sprechen nicht viel miteinander, sie schauen sich einfach nur an, spüren einander und scheinen Eins zu sein. In diesem Augenblick ist hier im Zimmer die Liebe fast schon greifbar. Ich weiß, diese von Krankheit gezeichnete Frau, hat eine komplexe Persönlichkeit, welche angefüllt ist mit allerlei Widersprüchlichkeiten und der Motor ihres Lebens war der Erhalt ihres ansprechenden Aussehens. Manchmal wirkt sie mürrisch und fordernd. Es ist fast untragbar für sie, diese Altersflecke zu sehen und die dünnen Ärmchen mit den vielen Hautfalten zu ertasten. Oft sieht sie mich traurig an und erzählt mir wie rosig ihre Gesichtshaut war und wie weich ihre Rundungen. Doch heute strahlen ihre Augen und sie lächelt. Es ist schön, sie so ausgeglichen zu sehen. Jung und Alt, Leben und Sterben so nah beieinander.

Die zwei Seiten der Demenz

Für Betroffene:

D ahin dämmern	D a SEIN
E ntgleiten	E rleben
M akel	M itmachen
E nde	E motionen
N iemandsland	N ähe spüren
Z änkisch	Z ufrieden sein

Für Angehörige und Pflegende:

D esillusion	D a SEIN
E insamkeit	E rleben
M aßlos traurig	M it machen
E rschöpfung	E motionen
N ot	N ähe erleben
Z weifel	Z USAMMEN

Kapitel 2

Der Handwerker

Wieder ein „Nein". Es ist seine Entscheidung, die ich akzeptieren muss, auch wenn ich ihn doch nur aus seiner Einsamkeit holen möchte. Wenn er wenigstens ein paar Worte mit mir sprechen würde, erzählen würde, was ihn beschäftigt. Ich höre gern älteren Menschen zu. Ich weiß, dass dieser Heimbewohner sehr schwer krank ist. Er hat einen Hirntumor, der nicht behandelbar ist. Ich weiß, dass seine Angehörigen sich um ihn bemühen und keiner von uns große Probleme mit seiner Pflege hat, aber er lebt hier sehr zurückgezogen. Er äußert manchmal, dass er keinen Lebenswillen mehr hat und uns auch nicht zur Last fallen möchte. Immer wieder betone ich dann, dass das nicht nur unsere Arbeit, sondern auch eine Herzensangelegenheit ist und wir gern für ihn da sind, wohlwissend, dass dies nach einer dahingesagten Floskel klingt.

Bis gestern konnte ich noch selbst die Zahnprothese in meinen Mund schieben. Auch das ist nun vorbei. Meine Hand zittert zu stark und ich bekleistere mein Kinn mit rosafarbener Haftcreme. Salzig schmeckende Finger, die einer in Weiß bekleideten Frau gehören versuchen nun unbeholfen die untere Zahnschiene anzukleben. Das hier ist wirklich nicht das Lebensende, von dem man träumt. Ich beneide Menschen, die einen schweren Herzinfarkt erleiden. Einfach ex und hopp. Das würde mir gefallen.

Aber irgendjemand fand es wohl unterhaltsamer mir so ein Ding im Kopf wachsen zu lassen.

Inoperabel sagen die Götter in Weiß und anstatt mir Schlaftabletten aus der Apotheke zu besorgen hat meine Familie nichts Besseres zu tun, als mich in dieses Heim mit diesem immer freundlich grüßenden Gesichtern zu stecken und Anstandsbesuche durchzuführen, die dann doch immer gleich enden, sie heulen sich die Augen aus. Aber wie sollen sie auch damit umgehen, wo sie mich doch als arbeitsamen und ideenreichen Mann kennen. Wie viele Möbel sind wohl mit Hilfe meiner Hände entstanden. Wenn ich die Augen schließe habe ich immer noch den Geruch von Holz in meiner Nase und streichle gedankenverloren ganz sanft über die glatte, warme Oberfläche. Ich war ein beliebter Handwerker und ein anerkanntes Mitglied in meiner Dorfgemeinschaft. Ein normales Familienleben mit Frau und Kindern, die ich auch gern mit guter Hausmannskost verwöhnte. Wie gern würde ich wieder einmal eine selbstgemachte Roulade mit Thüringer Klößen essen. Das was ich jetzt bekomme kann man allenfalls als Nahrung bezeichnen, aber mit Geschmack oder Genuss hat diese ungewürzte und weiche Pampe nichts gemein. Meine wachen Stunden bestehen nur noch aus Tagträumen, in denen ich mir die unterschiedlichsten Selbstmordwege ausmale. Erschießen ist eine feine Lösung, aber woher in einer Seniorenunterbringungsanlage eine Waffe bekommen? Einfach nichts mehr essen und trinken wäre ein Weg, aber das dauert dann Minimum drei Tage bis ich dahinscheiden würde und so wie ich meine Verwandten kenne, würden die mir dann zu allem Überdruss so eine Magensonde legen lassen. Man könnte ja vom Haus springen, aber bei mir wäre das eher ein Herunterrollen auf vier Rädern und der Fahrstuhl fährt nicht bis aufs Dach. Wenn ich mich so anschaue funktioniert da nicht mehr viel. Am Ende werde ich sabbern wie ein Baby, nicht mehr schlucken können und völlig vergessen haben, wer ich bin. Hätte ich meine Kreissäge, meine laut brummende Erna hier, dann wäre alles recht einfach zu arrangieren. Moment, jetzt kommt wieder eine von diesen Alleinunterhalterinnen. Jeden Tag fragen sie mich, ob ich Lust habe an der Beschäftigung teilzunehmen. Es wäre doch wichtig für das Gemeinschaftsgefühl und ich würde doch verkümmern so allein im Zimmer. Ich winke wie immer ab und schicke sie fort. Sie sieht nett aus, aber ich habe jetzt wichtigeres zu tun. Weiter im Plan, es muss doch einen Weg geben, um dem Allen ein Ende zu machen. Ich möchte nicht mehr in die traurigen Augen meiner geliebten Frau sehen müssen und ganz besonders möchte ich keinem mehr zur Last fallen! Meine Holzschnitzmesser hätten sie mir lassen sollen, aber nur der Ledergürtel meiner Arbeitshose ist mir als Andenken geblieben. Er ist sehr robust und hat mich mindestens an die dreißig Jahre begleitet. Er hängt an meiner kleinen Garderobe und scheint mich fast schon zu verhöhnen…gute alte Zeit. Ob er wohl mein Gewicht halten kann. Im Schutze der Nacht sollte ich unsere Beziehung auf die Probe stellen Es ist ein kaltes enges Gefühl am Hals, aber irgendwie gibt es auch Sicherheit. Jetzt muss ich nur noch vorrutschen und mich fallen lassen. Loslassen. Fast muss ich lächeln. Guter, alter, treuer Freund. Ich danke dir.

Gänsehaut macht sich auf meinem Körper breit. Einerseits blankes Entsetzen und tiefe Erschütterung und andererseits großes Verständnis. Heute Nacht zwischen zwei Kontrollgängen ist er freiwillig aus dem Leben geschieden. Ich bin dankbar dafür, nicht Diejenige gewesen zu sein, die ihn gefunden hat. Wie ist er nur auf die Idee gekommen sich zu erhängen und dann auch noch auf diese Art und Weise. Der Anblick muss schockierend gewesen sein. Er hinterlässt die Frage, ob man hätte mehr für ihn tun können, in den Köpfen derer, die ihn pflegten.

Ich wünsche ihm neue Abenteuer und einen Hochgenuss im Moment des Erkennens, dass sein Körper nichts weiter ist als eine Hülle, die er abstreifen kann. Ich habe gelernt, nicht mehr zu urteilen über die Entscheidung anderer. Ich empfinde nur Mitgefühl mit der Familie und schicke ihr meine Liebe und Ihm schenke ich ein Lächeln. Gute Reise!

Für Theoretiker

Demenz ist der Oberbe*griff für Erkrankungen*, die mit einem Verlust der geistigen Funktionen wie Denken, Erinnern, Orientierung und Verknüpfen von Denkinhalten einhergehen und die dazu führen, dass alltägliche Aktivitäten nicht mehr eigenständig durchgeführt werden können. Diese Symptome entstehen durch strukturelle und chemische Veränderungen im Gehirn als Folge einer körperlichen Erkrankung wie z. B. der Alzheimer- Erkrankung.

Es müssen mindestens zwei der folgenden Bereiche beeinträchtigt sein:

a. Gedächtnisfunktionen

b. Verstehen und Durchführung komplexer Aufgaben, Urteilsfähigkeit

c. Räumlich-visuelle Funktionen

d. Sprachfunktionen

e. Veränderungen im Verhalten ("Persönlichkeitsveränderungen")

(National Institute on Aging und der Alzheimer Association Kriterien für die allgemeine Demenz)

Kapitel 3

Die Sekretärin

Heute vor drei Jahren ist meine Großmutter eingeschlafen. Ich habe schöne Erinnerungen daran und bin sehr dankbar dafür, es so empfinden zu können. Die letzten Tage ihres Lebens hat sie gemeinsam mit ihrer Tochter, ihrer Enkelin und Urenkelin verbracht. 4 Weibergenerationen in einem Zimmer. Wir hatten ein sehr enges Verhältnis zueinander und so genossen wir die letzten Stunden miteinander. Wir erzählten ein paar Geschichten von früher, von der Milch, die immer wieder mal anbrannte und den zu weich gekochten Möhren, von den gemeinsamen Besuchen im Park und dem Entenfüttern. Oft sind es die einfachen Dinge, die haften bleiben. Für meine geliebte Oma war es sicherlich eine Erlösung dieses Leben verlassen zu dürfen. Hatte sie doch viele Jahre in Dunkelheit verbringen müssen, erblindet nach zahllosen Operationen an beiden Augen. Meine Gedanken schweifen wieder oft in die gemeinsame Vergangenheit ab, seit wir eine neue Bewohnerin haben.

Schon wieder ist mir diese kleine vermaledeite Batterie für mein Hörgerät aus den Fingern geglitten. Vielleicht kann ich sie ja am Boden ertasten. Blind und dazu noch schwerhörig, welche Ironie, dabei bin ich früher flink über die Tasten der Schreibmaschine gehuscht und habe wichtige Geschäftspapiere getippt. Kleinste Buchstaben konnte ich lesen. Gleich kommen mir schon wieder die Tränen. Meine Hausärztin sagt ich leide unter depressiver Verstimmtheit. Ich denke, dass darf ich mir leisten bei meiner Vorgeschichte und der schwarzen Nacht, die zu meinem stillen Begleiter geworden ist. Doch in den letzten Tagen hat sich einiges zum Besseren gewandt und ich empfinde Erleichterung und Dankbarkeit. Ich bin in ein anderes Heim gezogen. Die Schwestern sind sehr nett zu mir und manchmal setzt sich eine von ihnen an meine Seite und lässt sich Geschichten aus meinem Leben erzählen. Ich spreche sehr gern und kann auch zuhören. Das ist die einzige Form an Kommunikation, die mir geblieben ist. Oft läuft mein Radio, damit ich mich nicht so einsam fühle und manchmal singe ich auch mit. Meiner Zimmernachbarin gefällt das. Sie ist sehr dement. Weiß nicht einmal mehr ihren Namen und ist so aufgewühlt und hektisch, aber wenn sie mich singen hört, wird sie ganz still und versucht leise mit zu summen. Also toi toi toi, mein Kopf funktioniert noch wie ein präzise laufendes Uhrwerk. Ach da kommt die nette junge Frau, die mir beim Waschen und Anziehen hilft. Sie fragt mich immer wie es mir geht und ab und zu nimmt sie mich in den Arm. Ein schönes Gefühl. Mittlerweile finde ich mich gut in meiner Umgebung zurecht. Ich weiß, wo die wichtigsten Dinge stehen und zur Sicherheit trage ich ein Band mit einer Klingel um den Hals, die ich jederzeit betätigen kann, wenn ich Hilfe brauche. In dem Heim, wo ich vorher war ging es mir wesentlich schlechter. Da gab es doch tatsächlich Klozeiten. Wie bitte schön soll ich denn meiner Blase erklären, dass sie nur aller 4 Stunden tagsüber und nachts möglichst gar nicht voll sein darf. Völliger Irrsinn. Es kam auch vor, dass ich von einem bestimmten Pfleger angeschrien und sehr derb angefasst wurde. Wie soll ich aber auch wissen, dass er den Becher mit Wasser gefüllt hat, der auf meinem Nacht-schrank stand, obwohl ich nachts immer aus der Flasche trinke, wenn ich Durst verspüre. Ich habe ihn doch nicht absichtlich ver-schüttet. Oft hatte ich große Angst. Früh vor dem Waschen, dann vor dem Essen, ich könnte ja kleckern, oder etwas rutscht über den Tellerrand. Toilettengänge waren die Hölle. Wie soll ich denn Entfernungen einschätzen können, wenn ich nichts sehe. Da kam es eben vor, dass ich neben dem Toilettenbecken landete und die Schwester dann unter fluchen mir wieder aufhelfen musste. Eine wirklich schwere Zeit war das. Aber hier sind sie freundlich mit mir. Die Pflegerinnen sagen sogar Bescheid, bevor die den Rollstuhl bewegen, damit ich keinen Schreck bekomme. Das größte Glück aber ist, dass meine Schwester gleich hier in der Nähe lebt. Jeden Mittag kommt sie nun zu mir ins Heim und wir nehmen gemeinsam das Essen ein. Oftmals verbringen wir dann noch ein, zwei Stunden miteinander. Ja, ich bin traurig, weil ich nicht sehen kann, wie die Sonne zum Fenster hinein scheint, wie die Orchidee, die ich von meiner Schwester ge-schenkt bekommen habe erblüht und ob meine Bluse richtig zu-geknöpft ist.

Aber ich weine weniger und lache wieder mehr, seit ich hier bin. Die nette Therapeutin, die mir gleich helfen wird bei der Mor-gentoilette, damit ich dann bald meinen heißen Kaffee genießen kann, hat auch die kleine Knopfbatterie für mein Hörgerät ge-funden. Jetzt kann ich wenigstens das Lied der Vögel draußen hören, wenn mir das Sehen dieser freien Geschöpfe schon ver-wehrt bleibt.

Ich bin sehr gern bei ihr. Sie ist so dankbar und ich muss ihr immer wieder sagen, dass es doch selbstverständlich ist, Respekt und Verständnis gegenüber den Menschen, die hier ihren Lebensabend verbringen, zu empfinden. Genauso sehe ich das. Das hat nichts mit Helfersyndrom zu tun, sondern einfach mit meiner Sicht der Welt. Wir schenken dieser Frau Sicherheit, die sie so vermisst hat und im Gegenzug schenkt sie uns unterhaltsame Geschichten und einen warmen Händedruck.

Meine liebe Oma, ich danke Dir für ganz wundervolle Erinnerungen und ich freue mich auf Dich, wenn meine Flamme erlischt.

Person mit DEMENZ

PERSON mit Demenz

Wie wäre es, die Gedanken weg von der Krankheit und hin zum Menschen zu lenken. Wir verstehen immer noch nicht alle Vorgänge in unserem Gehirn, aber wir sind jederzeit in der Lage zu fühlen.

Dort, wo unser Fokus ist, ist Wachstum. Dem Fokus ist es dabei (salopp gesagt) herzlich egal, ob dieses Wachstum Positives oder Negatives bringt.

Diese Entscheidung liegt ganz bei uns!

Ich lade Dich ein, Dich auf den Menschen zu fokussieren und die Erkrankung in den Hintergrund zu stellen.

Kapitel 4

Die Hausfrau

Wieder falsch am Bett gestanden. Mein Rücken schmerzt und ich wünschte, endlich mal ein Rezept für Manuelle Therapie in der Folterwerkstatt zu bekommen. Zu Hause am Abend versuche ich, mir selbst zu helfen und setze mir Schröpfgläser in den Nacken. Aber es ist schon besser geworden. Ich muss Wege des Arbeitens finden, die meinem Körper nicht schaden und dem Bewohner Sicherheit vermitteln. Seit zwei Jahren arbeite ich hier und mindestens dreimal in der Woche bin ich früh zum Waschen und Anziehen bei dieser bettlägerigen Hausbewohnerin. Es gibt Momente, in denen meine ich, dass sie mich ansieht, aber ist das wirklich so? Mittlerweile habe ich einen ganz guten Weg gefunden, damit es uns bei der immer gleichen Prozedur gut geht, aber manchmal drängt die Zeit und dann passiert es, dass ich zu wenig auf mich selbst achte und mal eben vergesse, das Bett hochzustellen und später spüre ich das deutlich im Kreuz. An Tagen wo kein anderer Bewohner früh zum Waschen auf mich wartet, nehme ich mir die Minuten und streiche ihr mehrmals mit Druck über ihre Arme und Beine und hoffe, dass sie dadurch ihren Körper spürt. Anfangs spreche immer mit ihr. Sage meinen Namen und erzähle ihr welches Datum ist und was das Wetter so für Überraschungen bereithält. Keine Ahnung, ob sie mich versteht, aber es ist mir ein Bedürfnis, die Möglichkeit in Betracht zu ziehen, dass sie vielleicht ab und zu wach ist und doch wahrnimmt, was mit ihr geschieht und meinen Worten lauscht.

Ich weiß nicht wie spät es ist, oder welchen Monat wir haben. Mein Körpergefühl habe ich schon lange verloren. Ich weiß nicht wo ich anfange und aufhöre. Nur manchmal spüre ich dumpfe Schmerzen, aber ich kann nicht einordnen wo diese herkommen. Ich habe aufgegeben um Hilfe zu schreien, denn scheinbar kann mich keiner hören, von denen, die zu mir kommen. Viele nennen ihren Namen nicht einmal und behandeln mich wie ein lebloses Stück Fleisch, aber mich gibt es noch. Gefangen in mir selbst, in einer Hülle, die nicht aufgeben will zu pulsieren. Genährt von einer Maschine und künstlicher Flüssignahrung, welche kalt durch die Sonde in meinen Magen läuft.

Es war ein Frühlingstag, an dem die Fenster weit offen standen und die Federbetten über den Fensterbänken hingen, um auszulüften. Ich erinnere mich daran, gebügelt zu haben. Meine Baumwollbluse mit den blauen kleinen Karos drauf. Mein Mann hatte mir zum Geburtstag dieses tolle neuartige Gerät gekauft. Ich erkannte schnell die Vorteile des sogenannten Dampfbügeleisens, nachdem ich mich an das Zischen gewöhnt hatte. Ich fuhr von rechts nach links und wieder zurück über den weichspülergetränkten, gutriechenden Stoff und dachte noch darüber nach, was ich zum Mittag kochen sollte und dass ich auf keinen Fall den Glasreiniger beim Einkauf vergessen darf. Doch dann Stille. Eine Leere, die ich nicht erfassen konnte. Eine Leere ohne Zeitgefühl und ohne Inhalt. Irgendwann tauchten einzelne Bilder auf, Wortfetzen drangen an mein Ohr und ich fühlte wie mein Körper hin und her gewuchtet wurde. Ich sah meine Tochter, wie sie weinend meine Hand hielt und ich sagte zu ihr, dass alles gut wird, aber sie reagierte nicht darauf. Immer wieder driftete ich davon und mein Geist begann, sich eine eigene Welt zu erschaffen. Eine Welt, in der ich gesund mit meiner Familie lebte. Eine Welt, in der ich neue Bettlaken aufzog, das Katzenklo reinigte und meinem Mann die Pantoffeln vors Bett stellte. Ich bin nicht mehr in der Lage mich irgendwie verständlich zu machen und verbringe die meiste Zeit in einer Nebelwolke. Nur von weitem und dumpf nehme ich Berührungen wahr. Ganz selten geschieht es, dass ich die Augen öffnen kann und Licht hinein dringt in die Schattenwelt, die angefüllt ist mit Erinnerungen. Ich lebe ein Leben in meiner Vergangenheit. Es gibt Augenblicke, in denen das von mir geschaffene Leben realer für mich ist, als dieses echte Siechtum in einem elektrisch verstellbarem Bett mit einer Antidekubitusmatratze, die mir die Chance nimmt, mehr zu spüren von meinem Körper. Ich bin gebettet wie auf Wolken, doch meilenweit entfernt vom Himmel.

Sie hustet bei jedem Lagewechsel und jeden Frühmorgen ist sie sehr stark durchgeschwitzt. Am schlimmsten ist der Geruch, aber selbst daran habe ich mich gewöhnt und rümpfe nur noch selten die Nase. Ich erwische mich dabei, wie ich denke, dass diese Situation, aus der sie sich nicht freiwillig befreien kann, nicht lebenswert erscheint. Ich hoffe, dass sie keine Schmerzen hat und möglichst an schöne Dinge denkt. Selbst wenn Sterbehilfe erlaubt wäre, müsste ich ehrlich eingestehen, dass ich wohl nicht die Kraft dazu hätte, ihr das Gehen zu erleichtern. In Momenten, wo wir unbeobachtet sind und mir die Situation völlig sinnfrei erscheint, streichle ich ihr über den Kopf und spreche ihr Mut zu, den unausweichlichen Weg zu gehen.

Frage

Machen Gummibärchen und Currywurst dement?

Fakten:

Hohe Blutfett- und Blutzuckerwerte schaden den Gefäßen und somit zwangsläufig auch dem Gehirn.

Zu viel Fett und zu viel Zucker führen zu Veränderungen in den Hirnregionen, auch zu solchen, die für die Alzheimer Erkrankung verantwortlich sind!

→ Studien empfehlen eine mediterrane Ernährung mit:

sehr guten Ölen,

viel Gemüse ,

kein rotes Fleisch und Zucker in Form von

Obst

Tipp: Schnell wirst Du auch einen Dank seitens Deines Darmes, Deines Herzens und somit auch seitens Deines Gehirns erfahren, wenn Du den Bauern um die Ecke durch den Einkauf seiner frischen Produkte unterstützt!

Kapitel 5

Der Ingenieur
Nicht schon wieder. Jeden Tag irgendein anderer Gegenstand, der
dran glauben muss. Meine Kollegin und ich müssen die Scherben be-
seitigen, die er in seiner Wut hinterlassen hat. Für viele außenste-
hende Personen würde er klar und orientiert erscheinen, aber dem ist
leider nicht so. Es macht keinen Sinn mehr, ihm erklären zu wollen,
dass er schon zwei Brötchen, einen Joghurt, Obst und Kaffee zum
Frühstück hatte und mehr Essen bei seinem Gewicht und den hohen
Zuckerwerten einfach nicht drin ist. Er hat doch schon längst verges-
sen, dass er bereits frühstücken war.

Verdammt nochmal, warum schiebt mich diese fette Person immer wieder vom Tisch weg und sagt mir ich hätte schon gegess-
sen. Mit hundertprozentiger Sicherheit nicht, denn ich habe noch
Hunger! Ständig will mir hier irgendjemand erklären, was ich zu
tun und zu lassen habe. Wenn die wüssten, was ich alles im Leben geleistet habe. Ganze Hörsäle habe ich gefüllt, Arbeiten in
Steinbrüchen betreut, Bücher geschrieben. Das sind doch alles
Sesselfurzer, dumme und nichts wissende Kreaturen, die mir
jetzt das Recht auf Freiheit nehmen. Ich sollte die Polizei rufen.
Das sowas in Deutschland möglich ist. Am liebsten würde ich sie
alle einsperren. Dieser wahnsinnig gute Geschmack der gerade
meine Kehle hinunter rinnt. So süß und saftig, so unwidersteh-
lich. Ich brauche mehr von diesen köstlichen Mandarinen. Jetzt
erzählt sie mir was von Zucker und Diabestes. Ich verstehe kein

Wort. Warum machen sie das mit mir, all diese Verbote und warum kann ich nicht einfach aufstehen und loslaufen. Da draußen fliegt ein Schmetterling. Nimm mich mit, du kleiner unruhiger Geist. Lass uns von Blume zu Blume schweben. Geh weg, lass mich, fass mich nicht an.

Jetzt will er auch noch schlagen. Diese Art von Demenz ist mir nicht unbedingt die liebste und sie zeigt uns Allen die eigenen Grenzen. Besonders schön ist es, wenn er in den Fahrstuhl pinkelt, in der Überzeugung, es wäre sein Bad. Wie unterschiedlich doch das Gehirn tickt. Er hat einen immensen Wortschatz, aber gleichzeitig keine örtliche Orientierung. Irgendwie muss ich ihn jetzt hoch auf Station bringen. Anschreien bringt gar nichts, da wird alles nur schlimmer. Ich steige einfach ein in seine Phrasen. Ja, natürlich ist das nicht in Ordnung. Ja, sie dürfen dann wieder etwas essen. Gut, dann rufen sie die Polizei usw. Er beruhigt sich langsam. Im Aufenthaltsraum auf Station nehme ich die Zeitung und lese ihm einige Artikel aus dem Lokalteil vor. Er hat vergessen, dass er im Frühstücksraum heiße Haferflockensuppe nach dem Personal geworfen und Gläser vom Tisch geschmissen hat. Er hört mir einfach zu und ich lege kurz meine Hand auf seine. Ein Moment des Friedens.

Kleine Tipps zur Kommunikation

Suche und halte Blickkontakt.

Sprich langsam und deutlich.

Verwende kurze und einfache Sätze.

Benenne, was Du gerade tust.

Stelle möglichst nur einmal Deine Frage. Der Mensch mit Demenz wird auch beim erneuten Fragen oftmals die Antwort nicht wissen, wenn er zuvor nichts erwidert hat.

Gib Deinem Gegenüber Zeit zum Antworten.

Nutze die vertraute Sprache (Dialekt) und typische Wort

Setze so oft wie möglich Mimik und Gestik ein.

Achte auf die Gefühle hinter deinen Worten!

Kapitel 6

Die Köchin

Fünf Minuten Ruhe. Ein kurzes Innehalten im Heimalltag mit all den verrückten, absonderlichen, anstrengenden und manchmal lustigen Geschichten. Die kleine schwarzweiße Katze schnurrt mir ins Ohr und schenkt mir ein Gefühl von Zeitlosigkeit. Wie hab ich mich gefreut, als diese nette, korpulente Frau bei uns einzog und ihren Liebling mitbringen durfte. Ich glaube beide freuen sich über den Besuch. Sie erzählt mir von den vielen Gästen die sie mit guter schmackhafter Küche bewirtet hat. Sie erklärt mir die verschiedensten Kräuter und Gewürze. Ich frage vorsichtig nach, wie ihr das Essen hier schmeckt und sie lächelt vielsagend. Allein zu Hause ging es einfach nicht mehr. Sie vergisst sehr schnell, was sie nur einige Minuten vorher getan hat. Das schlimmste ist, dass sie sich über ihren Zustand bewusst ist.

Mietz Mietz … da ist ja mein liebes weiches Fellgesicht. Sie ist so schön warm, ein Wohltat für meine Arthritis geplagten Knochen. Das sind die schönsten Stunden am Tag, hier zu liegen in meinem Bett und mein altes, treues Kätzchen kuschelt sich an meine Füße. Das sind Momente, wo ich das Gefühl habe, wieder zu Haus zu sein. Ich höre innerlich das Knarren von Balken, das Knistern im Ofen und ich rieche Holz. Mein Haus hat gelebt, angefüllt mit vielen Geschichten. Am meisten aber vermisse ich meine Küche mit den Kräutern die zum Trocknen an einer

Schnur hingen und diesen betörenden Duft ausströmten. Wie sehr ich gutes Essen und den Geruch von frisch Gebratenem liebe. Kinder waren mir nicht bestimmt und mein Mann ist schon viele Jahre tot. Dennoch war mein Haus immer voller Leben. Viele liebe Freunde kamen zu mir, um zu feiern, zu essen und über Gott und die Welt zu sprechen. Immer wieder musste ich meinen Entenbraten zubereiten. Ja, an dieses Rezept erinnere ich mich genau. Da gab es so einiges zu beachten. Die größte Gefahr bei der Zubereitung von Geflügel war für mich, dass das Fleisch austrocknet, denn die Garzeiten müssen durch die Größe der Tiere doch recht lange sein. Zunächst habe ich die Ente von innen und außen gut gepfeffert und gesalzen. Äpfel und Zwiebel dienten als Füllung, ebenso frische Kräuterzweige (Thymian, Rosmarin und Salbei). Möhren, Sellerie und Zwiebeln waren Beilagen, die mit der Ente zusammen im Ofen gebraten wurden. Der richtige Rotwein für die Soße und es entstand ein Hochgenuss für jeden Gaumen.

Aber das gehört nun der Vergangenheit an. Das Vergessen macht sich breit und mein Gehirn spielt mir Streiche. Ich weiß, wer ich bin und wo ich herstamme. Die Frau Doktor sagt, dass mein Langzeitgedächtnis funktioniert, aber vieles was gerade passiert fällt hinten runter. Ich weiß, dass viele Schwestern hier arbeiten, aber die Gesichter erscheinen mir oftmals neu. Ich merke mir einfach ihre Namen nicht. Ich habe das Gefühl mich selbst zu verlieren und die Tage schwimmen dahin. Manchmal bringt es mich zu verzweifelten Lachanfällen, wenn ich dann merke, was ich schon wieder angestellt habe. Ganz ehrlich, wie viele Einlagen passen denn in einen Schlüpfer? Es kommt vor, dass ich mein Gebiss suche, um dann von einer, sich ein Grinsen unterdrückender Schwester, sagen zu lassen, dass ich es bereits im Mund habe. Anfangs war mir das sehr peinlich. Ich habe mich geschämt für meine Vergesslichkeit und kam mir vor wie ein dummes kleines Kind, aber mittlerweile habe ich mich versöhnt mit meinem verkalkten Gehirn. Ich träume mich einfach davon und genieße die Liebesbekundungen meines schnurrenden, weichen Freundes.

Die zwei so zu sehen, wirkt beruhigend auf mich. Hier ist so viel Harmonie im Raum, trotz aller Widrigkeiten und Demenzerscheinungen. Ich weiß, dass es ihr wohl manche Tage sehr ans Herz geht, dass sie so vergesslich geworden ist, aber oftmals lachen wir zwei gemeinsam über die kuriosen Vorfälle. Bald habe ich eine Feierlichkeit und weiß schon genau, wen ich frage, was ich kochen könnte. Sie weiß so viel über garen, blanchieren und wie man richtig tranchiert. Ich höre ihr immer gespannt zu und kann so viel lernen dabei. Bin ich doch selbst so ein Gourmet.

Sinnvoll

Vermeide möglichst jede Form von Diskussionen mit Menschen, die an Demenz erkrankt sind!

Fragen, die mit „warum", „wieso" oder „weshalb" beginnen, bergen die Gefahr, direkt in eine Diskussion zu laufen und dem Betroffenen seine Unfähigkeit vorzuhalten und somit zu reizen.

Deine Argumente werden in diesen Situationen zwangsläufig gewinnen, aber die Ernte besteht aus Aggression oder tiefer Traurigkeit.

Kapitel 7

Die Verkäuferin

Es ist kalt heute und ich bin noch müde. Mit langsamen Schritten laufe ich vom Auto zum Heim und ziehe mir den Schal tiefer ins Gesicht. Da sitzt sie wieder nahe am Eingang in ihrem Rollstuhl. Ich sehe schon von Weiten, dass sie vor Kälte zittert und ich rieche den feinen grauweißen Rauch, der aus ihrem Mund strömt. Ich mag es nicht mehr, entwickle Sodbrennen und fühle Ekel. Ich denke ehemalige Raucher sind die schlimmeren Nichtraucher. Ich schmunzle sie an und sie lächelt zurück. Die Sucht scheint uns zu verbinden. Ihr Ohnmacht und mein Wille. Gegensätze ziehen sich an.

Ich brauche dringend eine Zigarette. Meine Hände zittern, ich habe Schweißausbrüche und mein Herz rast in meiner Brust. Was macht es noch für einen Sinn mich jetzt selbst zu malträtieren. Die eine Kippe weniger wird mein Leben nicht mehr retten. Lungenkrebs im Endstadium. Dabei bin gerade sechzig geworden. Davon habe ich über 40 Jahre als Verkäuferin gearbeitet und mich tagsüber abgebuckelt, aber dafür meine Freizeit in höchstem Maße ausgekostet. Ich habe intensiv und ausschweifend gelebt, vielleicht ist das die gerechte Strafe. Keine gute Hausfrau, kein Familiensinn, aber gern lange Nächte in verrauchten Kneipen mit Männern die kamen und gingen. Oh ja, ich habe es zutiefst genossen zu lieben. Haut unter meinen Händen zu spüren und feuchte Lippen auf meinen Brüsten. Ich habe noch Träume und Wünsche. Nichts großes, sowas wie grillen im Garten, ein guter Whiskey, eine schöne Nacht mit einem jungen Mann. Ist das so abwegig? Nur weil ich ein paar Falten im Gesicht habe und mittlerweile eine Intimrasur mir körperlich alles abverlangt, bin ich doch nicht plötzlich asexuell. Ich will hier raus! Umgeben von all den vor sich hin quatschenden, alten und verknöcherten Menschen verliere ich noch den Verstand.

Ich werde sterben und es wird bald sein. Immer wieder gehen mir diese Worte durch den Kopf. Am schlimmsten sind die Blicke der Schwestern. Sie wissen alle, dass ich eine sogenannte Endpflege bin. Sie grüßen mich mit Guten Morgen und sofort senkt sich wieder ihr Blick, als ob sie Schuld wären. Innerlich möchte ich ihnen mitten ins Gesicht schreien, wie ungerecht ich alles finde, wie viel Angst ich habe und wie hilflos ich mich fühle. Wieso zum Teufel nochmal darf denn diese greise vor sich hin wimmernde Frau da hinten weiterleben und warum darf dieses alte Grabscherschwein, der gern mal den Busen der Schwestern in der Hand hat, weiterhin seinen Spaß haben. Soll ich anfangen zu beichten und mich mit Gott befassen? Das lag mir nie. Ich halte mich an das was ich sehen und berühren kann.

Der Erstickungstot wartet auf mich und schickt mir täglich Vorboten in Form von Hustenanfällen die bis zum Brechreiz gehen. Freunde sind keine mehr da. Menschen, die mir wichtig schienen, meiden mich jetzt wie die Pest. Der Stempel Krebs vereinsamt. Eine gibt es hier, die mir in die Augen sehen kann und mich anlächelt. Wenn ich vor das Haus mit seinen großen Säulen rolle und mich meiner Sucht ergebe, habe ich manchmal das Glück, dass sie an mir vorüber läuft und wir schmunzeln uns an. Sie ist der einzige Mensch, der mich sieht, mein wirkliches Ich und nicht diese zum Tode verurteilte Irre, die sich vor und zurück wiegt in ihrem Rollstuhl. Ich werde sterben. Bald. Darauf erst einmal eine Kippe…meine letzte Freundin.

Zum Zeitpunkt Ihres Todes habe ich bereits in einem anderen Haus gearbeitet. Ironischerweise selbst wieder mit diesem Glimmstengel im Mund. Es sollten noch einige Jahre vergehen, bis ich endgültig adieu zur Sucht sagen konnte.

Erinnerungsinseln besuchen

Gemeinsam nach der Identität und den kleinen und großen Ereignissen des Lebens suchen. So schaffst du Selbstvertrauen beim Betroffenen und Wissen von Bedürfnissen und Wünschen beim Pflegenden.

Nutze als Medium Fotos, Bücher, Schallplatten und Gegenstände.

Gehe auf alte Hobbys ein und betrachtet gemeinsam geschaffene Werke.

Begebt euch auf Spurensuche in der Heimat. Besucht Orte, die im Langzeitgedächtnis verankert sind.

= Biographiearbeit

Kapitel 8

Der Parteigenosse

Bei diesen Kegelrunden kann ich mich im Inneren immer wundervoll amüsieren. 25 gestandene Menschen, die sich benehmen wie kleine Kinder beim Eierlauf. Jeder will gewinnen und für eine Woche den Pokal, einen mit Goldlack besprühten Holzkegel, ins eigene Zimmer bringen dürfen. Sie sitzen da und geiern darauf, wie viele Kegel bei den Anderen fallen und protestieren lauthals, wenn sich zu Gunsten des Spielenden verzählt wird. Bei Veranstaltungen muss man sich die Kehle aus dem Leib singen und Animateur höchster Güteklasse sein, um einen Hauch von Klatschen zu erhalten, aber wenn es um einen Wettkampf geht, kann sich selbst unser Heimbeiratsvorsitzende kaum zügeln.

Ich muss gewinnen. Diese dummgut grinsende, alte Schachtel will mir den Pokal schon wieder streitig machen. So wie sie sich benimmt ist sie bestimmt manisch und gehört in die Klapsmühle. Wirf doch, aber ich wette mit dir, bei mir fallen mehr! Letztens hat sie doch glatt einen Kegel mehr anerkannt bekommen, als ihr zustand. Eine bodenlose Frechheit. Ich führe jetzt eine eigene Liste und schreibe akribisch die Punkte der Mitspieler auf. Zu meiner Zeit gab es noch feste Regelwerke, da konnte keiner einfach machen was er dachte und nur der, der auch Leistung zeigte bekam Anerkennung. Ja, früher war alles besser. Da herrschte selbst in den Schränken und auf den Tellern Ordnung.

Gemüse links oben, Kartoffeln rechts oben und das Fleisch mittig unten. Aber hier werden ja alle in Watte gepackt. „Das haben sie aber wieder gut gemacht heute. Einer ist doch besser wie keiner." Ständig muss ich mir so einen Mist mit anhören. Die Tattergreise sollen doch alle mal die Arschbacken kräftig zusammen kneifen und aufhören nach Mitleid zu heischen. Ich bin dran, gut gut, der werde ich es schon zeigen. Gelungener erster Wurf! Immerhin 7 Kegel sind gefallen. Komm, dass kannst du noch besser. Verdammter Mist, drei sind einfach zu wenig. Ich könnte ja auf plötzlichen Rückenschmerz plädieren, aber nein, was angefangen wird muss auch beendet werden. Nochmal drei. . . Ich sehe, wie sie sich ein Grinsen unterdrückt und mit winkender Hand mir zuruft „Alle Neune!" Wenn ich könnte, wie ich wöllte, würde sie jetzt das Manifest abschreiben müssen. Alles gut, ich steigere mich. Durchhalten und Konzentration auf das Ziel. Ich werde gewinnen, komme was da wolle…

Zuzusehen, wie er sich abmüht mit dieser ernsten und mürrischen Miene, bringt mich zum Lächeln. Manchmal ist es eben doch ein Kindergarten für Große. Verrückt, wie sehr der Mensch selbst im hohen Alter und mit körperlichen wie geistigen Defiziten fast immer noch das Bestreben zeigt, andere übertrumpfen zu wollen. Darauf ein herzliches „Gut Holz!"

Was wollen wir denn jetzt essen?

„Was du essen willst, das weiß ich nicht!"

Die Fähig- und Fertigkeiten werden weniger und weniger, aber die individuelle Lebensgeschichte und die Prägungen durch Höhen und Tiefen haben Bestand. Sieh hinter die Kulisse und nimm die Person und nicht das möglicherweise kindlich anmutende Verhalten wahr!

Dazu gehört in meiner Wahrnehmung auch das Respektieren des Betroffenen als Persönlichkeit mit einer eigenen Meinung.

Weg vom wir und wieder hin zum du!

Kapitel 9

Die Opernsängerin

Ich mag Füße, wenn sie frisch gewaschen sind und die Zehen lustige Tänze aufführen, aber der Rest, der dazu gehört, ist doch des Öfteren gewöhnungsbedürftig. Ich denke da an eine Bewohnerin, die mit leicht ironischem Unterton, auch gern Lärche genannt wird. Ich kenne keinen anderen Menschen in meiner Umgebung, der ihr schrilles ständiges Lachen auch nur ansatzweise toppen könnte, ganz abgesehen von ihren Gesängen, an denen sie uns in jeder nur erdenklich möglichen Situation teilhaben lässt. Ihr Tick, ständig mit den Händen an den Rocksäumen oder Hosenbunden herum zu nesteln, macht es nicht besser.

Das ich ständig so aufgeregt bin. Ich spüre doch die Blicke der anderen und wie sie hinter meinem Rücken über mich sprechen. Ich kann dieses Lachen einfach nicht unterdrücken. Der Nervenarzt aus der Klinik hat gemeint, dass ich Reste behalten würde. Wie das klingt. Zu gern würde ich die Anderen, die mich verhöhnen, sehen wollen, wie sie in meiner damaligen Situation reagiert hätten. Die Ärzte sprachen damals von Bauchspeicheldrüsenkrebs und nur noch wenigen gemeinsamen Wochen. Das durfte doch nicht sein. Wir hatten bis dato doch eine Musterehe geführt, ein großes soziales Umfeld aufgebaut und zwei liebe Kinder das Leben geschenkt. Ich habe ihn nach Hause geholt und es folgten Wochen, die Ausblicke auf die Hölle gaben. Wie böse und aggressiv doch ein Mensch unter Medikamenten und mit Todesängsten werden kann. Von morgens bis abends hatte ich seinen Befehlen zu gehorchen. Anfangs versuchte ich es von mir wegzuschieben, rief mir Bilder von guten Tagen in den Kopf, aber mir ging die Kraft aus. Diese seelischen Demütigungen von einem Menschen, den ich doch so sehr liebte schienen mir regelrecht die Luft zu nehmen. Ich entwickelte Zwänge, die meinen Alltag immer komplizierter gestalteten. Heulkrämpfe im stillen Kämmerlein waren an der Tagesordnung und ich fühlte mich so sehr alleingelassen. Meine Kinder waren zwar bei mir und versuchten ihr Möglichstes, aber das sah ich nicht mehr.

Ich versank vollkommen in Selbstmitleid. Auf Anrufe aus dem Verwandten- und Bekanntenkreis reagierte ich nicht. Ihm beim Dahinsiechen zusehen zu müssen, sog alles Glück aus meiner Seele und ich spürte nur noch Verbitterung. Das Unweigerliche geschah einen Tag nach seiner Beerdigung. Der Arzt sprach von Nervenzusammenbruch und einem zwingend erforderlichen Aufenthalt in einer Psychiatrie. Was ich dort in mir und um mich herum sah, war jenseits von Gut und Böse. Nur mit großer Mühe und mit Hilfe von hübschen rosa Pillen fand ich langsam zu mir und in die Trauer hinein. Selbst heute noch gibt es Momente, in denen wieder Panik in mir aufsteigt, die meine Bewegungen lähmt und mich schwer atmen lässt. Meine Kinder stehen zu mir und sehen über die Überbleibsel meines Irrsinns hinweg. Aber wirklichen Trost und Sicherheit finde ich nur, wenn ich singe. Laut singe…

Es ist falsch von mir, wenn ich über sie rede, sie vielleicht sogar teilweise belächle. Ich kenne ihre Vorgeschichte aus der Akte und Gesprächen. Ich weiß von dem leidvollen Verlust ihres Mannes und dem daraus resultierendem Nervenzusammenbruch. Vieles was sie erzählt ermüdet mich ein wenig, aber es gibt Geschichten, die mich fesseln. Geschichten von Urlauben und Forschungsreisen, die sie gemeinsam mit ihrem Mann erlebt hat. Geschichten von fernen Ländern und Sitten. Sie hat ein sehr gutes Allgemeinwissen und es bereitet ihr Freude, dieses mit mir zu teilen. Sie genießt es sehr mich um sich zu haben, da sie wohl in mir einen ebenbürtigen Gesprächspartner sieht, was wahrlich nicht einfach zu finden ist im Haus, bedenkt man die hohe Anzahl der dementiell Erkrankten, die hier leben. Vielleicht ist es aber auch einfach nur der Zeitfaktor, der positiv für mich spricht. Ich unterliege keinen, vollkommen praxisfernen Minutenangaben, sondern darf solange an ihrer Seite sitzen, wie ich es für gut heiße. Das ist purer Luxus und ich bin zutiefst dankbar dafür! Nein, ihr Gesang ist nicht mehr wohlklingend und ja, manchmal möchte ich zu gern ihre Hände in ein Handtuch wickeln. Doch trotz dieser Verrücktheiten und Tics ist sie eine große Bereicherung für unsere Gemeinschaft, für das letzte zu Hause, das sie in diesem Leben bewohnen und anfüllen wird mit ihren Gedanken, Erlebnissen, Eigenarten und Gefühlen.

MERKE

„Ich will keinem zur Last fallen!"

Wertvoll:

Wenn du deinem Gegenüber das Gefühl gibst, dass dieser Mensch einen hohen Wert hat und du viel von ihm gelernt hast und noch lernen darfst, dann erntest du Dankbarkeit und schaffst das Gefühl

gebraucht zu werden.

Kapitel 10

Der Kriegsveteran

Ich genieße die Spaziergänge an der frischen Luft. Im Haus selbst bekomme ich immer einen trocknen Mund und fühle mich so ausgedörrt. Hier draußen kann ich durchatmen. Ich zeige ihm neu gepflanzte Frühlingsblumen und wir reden über Gartenanbau. Er gibt nicht viel von sich preis und versteckt geschickt seine wahre Persönlichkeit hinter einer Mauer von aufgelegter Höflichkeit. Ich denke schon, dass er soweit gut zurechtkommt, aber ich spüre auch Ängste, wenn er meine Hand berührt, die auf seiner Schulter ruht. Wo ist er nur mit seinen Gedanken?

Nachts wache ich durchgeschwitzt auf und sehe die Gesichter toter Kameraden. Ich höre Gewehrsalven und spüre den Einschuss. Zerfetzte Knochen und eine große Blutlache an der Stelle, wo Sekundenbruchteile zuvor noch mein rechtes Bein war. An die Lazarettzeit habe ich nur wenige Erinnerungen. Ich möchte keine Albträume mehr und diese Phantomschmerzen lassen mich zeitweise wahnsinnig werden. Dieser hässliche Stumpf führt mir Tag für Tag den grauenvollsten Moment meines Lebens vor Augen und je älter ich werde, umso mehr holen mich diese Ereignisse ein. Ich muss mich ablenken. Wenigstens dafür ist dieses Haus hier geeignet. Ich muss raus aus diesem Zimmer, dessen Wände auf mich zuzukommen scheinen. Es ist mit meinen geliebten alten Möbeln eingerichtet und sehr hell, dennoch fehlt mir das Gefühl von Schutz. Gleich gehen sie mit mir spazieren, wohl eher sollte ich sagen, sie schieben meinen Rollstuhl durch die Gegend. Ich habe mich damit abgefunden so abhängig zu sein und für Nähe zu bezahlen, denn alles ist besser als die erdrückende Einsamkeit meines Zimmers. Wir reden über banale Dinge, das Wetter und die neuesten Fußballergebnisse. Manch eine Betreuungsdame versucht das Gespräch in eine Richtung zu lenken, die Übelkeit in mir hervorruft. Meine Vergangenheit hat so viel Dunkles an sich, soviel Schmerz, Angst und Tod. Warum versuchen diese Menschen mehr darüber mehr zu erfahren, sehen sie denn nicht, dass mein Mund wie verklebt scheint und meine Finger völlig verkrampft die Rollstuhllehnen umklammern. Zeig mir die Blumen, erzähl meinetwegen, was du gestern zu Abend gegessen hast, oder dass die Butter wieder gestiegen ist im Preis, aber lass die alten Geister ruhen. Am Himmel ziehen dunkle Wolken auf und ich befürchte, dass ich den Klauen des Vergangenen heute nicht entfliehen kann.

Ich frage ihn nicht nach seinem Leben, denn eine Antwort wäre eine unbändige Angst, die seine Augen erfüllen würde. Vielleicht hat er Dinge gesehen, die man nicht beschreiben kann, weil sie außerhalb der Vorstellungskraft eines Menschen liegen. Ich versuche ihn so zu nehmen, wie er ist und spiele den Unterhalter. Vielleicht hört er mir sogar zu. Er tätschelt mir immer kurz die Hand, wenn ich ihn wieder in sein Zimmer bringe und fragt jedes Mal, wann wir uns wiedersehen. Ein gutes Arrangement.

Grundsatz

Die vorhandenen Fähig- und Fertigkeiten sind ein Schatz. Er kann durch die Demenz nicht wachsen, aber er kann so lang als möglich erhalten bleiben!

Bei allen Aktivitäten gilt:
Gehe von einfachen zu komplexen Inhalten und nutze zum großen Teil Alltagshandlungen, die der Mensch innerhalb seines Lebens automatisiert.

Versuche Überforderung zu vermeiden,

denn Misserfolge zerstören Vertrauen.

„Weg vom ZIELdenken und hin zum WEGdenken!"
N.Hebert

Kapitel 11

Die Königsfamilie

Da sind sie wieder die ehrenwerten Herrschaften. Erhaben wie eine Königsfamilie schreiten sie ein in den Speiseraum und kurzzeitig verstummt alles. Das geschäftige Treiben scheint für einen kleinen Moment gänzlich zu erliegen. Keiner mag sie, doch alle hören auf das was sie sagen. Das Personal versucht sich dem Ganzen immer wieder zu entziehen und auch den Bewohnern die Gleichheit aller hier Lebenden vor Augen zu halten, aber es fruchtet kaum. Die Ausstrahlung, besonders die der Frau, ist kühl und gleichzeitig fast schon angsteinflößend. Sie ist machthungrig und schafft es immer wieder an alle wichtigen Informationen zu kommen, egal, ob es um einen Neubau geht oder den Einzug eines Bewohners. Sie weiß Bescheid, bevor alle anderen es nur ahnen.

So ist es richtig, den Respekt habe ich mir verdient, halte ich doch hier alles am Laufen. Die da hinten grüßt schon wieder nicht und der trägt das gleiche Oberhemd wie gestern. Darüber sprechen wir später noch. Ich darf nicht vergessen, zur Hauswirtschaftsleitung zu gehen und meine Beschwerde anzubringen. Angeblich sind keine frischen Waschhandschuhe da. Einwegwaschlappen sollen wir stattdessen nehmen. Ein Skandal!

Wieso habe ich denn nur eine Scheibe Käse auf meinem Teller, seit vier Jahren sind es jeden früh zwei. Ist das etwa zu viel verlangt, dass bestehende Regeln eingehalten werden. Es würde

Personalmangel herrschen und die Neue muss erst eingearbeitet werden.

Papperlapapp. Ich habe fünf Kinder großgezogen, die Wäsche noch mit Hand gewaschen und eine Großfamilie bekocht. Mir braucht da keiner was zu erzählen. Eine Scheibe Käse mehr auf den Teller zu legen ist doch Kinkerlitzchen. Zu meiner Zeit hätte ich den Angestellten hier den Marsch geblasen. Jetzt wurde auch noch eigenmächtig entschieden, dass eine andere Dame die wöchentliche Gymnastik mit uns durchführt. Diese Person hat ein Tempo wie eine Schnecke, man kann doch nicht generell Rücksicht nehmen auf die ganz Alten und zudem ist der Ablauf der Übungen nicht richtig. Wieso gibt es denn hier keine Übergabe. Da muss ich mir anhören, dass sie erst den Rhythmus finden muss und gern möchte, dass alle hinterherkommen. Ich werde zur Pflegedienstleiterin gehen, denn die Begründung, dass eine Angestellte aus der Beschäftigung weggefallen ist und sich die Anderen neu strukturieren müssen, lasse ich nicht gelten. Heute Nachmittag kommt ein Kinderchor, hoffentlich können die singen. Wenn wir, wie das letzte Mal, in die hintere Reihe platziert werden, verlasse ich umgehend den Saal. Die können mit mir doch nicht machen was sie wollen, schließlich zahlen wir ja jeden Monat eine hohe Summe. Da können wir doch verlangen, vorn zu sitzen!

Stets zu Diensten Euer Hochwohlgeboren!

Blinder Fleck

Sichtbar und wahrnehmbar: ca. 20%

Verhalten wie weinen, schreien, weg laufen, überzogenes Lachen, schlagen...

Unsichtbar – der blinde Fleck: ca. 80%

Verwirrung
Angst
Trauma
Nebenwirkung von Medikamenten
Wahrnehmungsstörung
Seh- und / oder Hörschwäche
Körperliche Bedürfnisse, wie Hunger, Durst, Harndrang...
Langeweile

...

Oftmals findet sich bei näherer Betrachtung die Ursache der „Verhaltensauffälligkeit", die der demente Mensch zeigt.

Die Lösung ist dann nah.

Kapitel 12

Die Hundertjährige

Jeden Morgen der gleiche Kampf. Am Ende bin ich schweißgebadet und suche mein Deo im Spind. Sie ist hundert Jahre alt, aber hat Kräfte wie ein Bär. Jeder Pflegeauszubildende würde mit Pauken und Trompeten durch die Prüfung rasseln, wenn er sie als Waschklausur hätte. Wie ein Tiger beißt, faucht und krallt sie nach jeder Schwester, die einen Waschlappen in der Hand hält. Zu zweit müssen wir dafür sorgen, dass wenigstens der gröbste Dreck abgewaschen wird, denn leider liegt sie nur allzu oft im eigenen breitgeschmierten Kot. Durchfall so früh am Tag zu beseitigen, sorgt garantiert für Diäterfolge! Was gäbe ich für eine Nasenklammer.

Hilfe, Hilfe! Lasst mich doch hier liegen. Ich bin so unendlich müde, lasst mich schlafen. Dieser Lappen fühlt sich wie grobes Sandpapier auf meiner Haut an und er ist so kalt, so kalt. Wer sind die denn überhaupt und wo bin ich? Hilfe!

Die einzigen Worte, die ich bisher von ihr gehört habe sind „geh", „weg" und „Hilfe". Ich empfinde ein starkes Mitgefühl mit ihr, aber wir können sie doch nicht so übelriechend sich selbst überlassen. Es gibt es auch Tage, an denen sie uns mit ihrem Verhalten in den Wahnsinn treibt. Keiner lässt sich gern anknurren und schlagen, aber mir ist bewusst, dass sie große Ängste verspürt. Ich kann sie in ihren

Augen sehen. Ich nehme an, dass sie besonders unter Wahrnehmungs-störungen zu leiden hat. Besonders starke Reaktionen zeigt sie beim Waschen. Ich habe schon experimentiert mit kleinen Temperaturun-terschieden und verschiedenen Lappen, aber leider scheint ihr nichts Entspannung zu schenken. Später, wenn sie dann angezogen, ge-kämmt und frisch duftend im Rollstuhl sitzt, schauen wir zwei uns an und sie lässt es zu, dass ich ihre Wange streichle. Es ist unsere Art, die Friedenspfeife zu rauchen. Ich möchte so unendlich viel von ihr wissen, aber kein Wort kommt über ihre Lippen. Spätestens beim Frühstück söhnen wir uns aus, denn ich schmiere ihr immer noch eine extra dick bestrichene Marmeladenschnitte und wenn ihre Augen ein kleines Leuchten preisgeben, kann ich mein Tagwerk beruhigt fortset-zen.

Die emotionalen Bedürfnisse eines Menschen

Sicherheit (als Fundament)

Unsicherheit (lebendig fühlen)

Bedeutung / Anerkennung (Selbstwert steigern)

Liebe (zugehörig fühlen)

Wachstum und Beitrag leisten

Sehen (die Zusammenhänge der Welt wahrhaftig begreifen und Gefühl des „Einssein")

LIEBE ist das emotionale Bedürfnis, welches wir jederzeit dem Menschen mit Demenz erfüllen können!

Kapitel 13

Die Bäuerin

Ich sitze hier bei Muttern am Tisch und grinse vor mich hin. Sie hat einen herrlichen Humor und ich muss nicht der Unterhalter sein. Sie ist so, wie ich mir eine Frau, die ein Leben lang im Stall gearbeitet und Gänse gerupft hat, vorstelle. Sie hat grobe, raue Hände. Man sieht ihnen an, dass sie schwer arbeiten mussten. Ich liebe diese Frau für ihre unkomplizierte Art.

Das Mädel ist schon eine. Kommt zu mir und wartet drauf, dass ich einen Witz erzähle. Den Wunsch kann ich ihr erfüllen...Der Vertreter fragt die Bäuerin: "Wo ist Ihr Mann?" - "Im Schweinestall, Sie erkennen Ihn an der blauen Mütze."... Da lacht sie wieder. Na ja, es könnte mir wirklich schlechter gehen. Wenn ich früh aufstehe fühle ich mich zwar wie durch den Fleischwolf gedreht und brauche etliche Minuten um meine alten Knochen in Gang zu bringen, aber wenn diese jungen Küken rein stürmen und mich wieder mit einem „Mutti los geht's" irgendwohin mitschleifen ist das doch eine ganz nette Sache. Nur dieses Papiergeschnipsel und Geklebe ist nicht meins. Meine Hände haben Heu gewendet, unzählige Eier eingelesen und Hasen das Fell abgezogen. Beim Kochen aber bin ich gern dabei, da gibt es immer gutes Essen, was gewürzt ist und nicht wie Einheitsbrei schmeckt.

Mir fehlt hier mein Selbstgeschlachtetes. Ich kann mich gut an die Schlachttage erinnern. Unsere Töchter ergriffen immer die Flucht, denn es roch ein bisschen und es quiekte ein bisschen. Es war einfach zu viel Realität für die Mädchen, die sich trotz ihrer Hofflucht später nie diese abgepackte „Möchtegernwurst" kauften. Gemeinsam drehten wir das Tier in dem großen Brühtrog, wenn es mit den sogenannten Schellen daran ging, die Haare von der Haut zu lösen. Vater und ich rührten zusammen das Blut für die Blutwurst, entwirrten Dick- und Dünndarm, entnahmen die Organe, trennten das Fleisch von den Knochen. Alles folgte einem strikten Zeitplan, alles einer genau festgelegten Reihenfolge. Auch wenn es ans Würzen ging, galt die Faustregel: „Tradition wahren statt Experimente wagen". Früher wurden die Gewürze auch nicht gewogen. Da wurde immer so viel Salz auf das Fleisch gestreut, dass man die Pfotenspuren einer Katze sehen würde, wenn sie darüber liefe. Das sind alte Weisheiten, die sicher mit dem Ende der Tradition des Hausschlachtens verloren gehen werden. Wir wussten ein Stück Fleisch wirklich zu schätzen. Denn nachher, wenn Würstchen, Koteletts und Schinken auf dem Tisch standen, da kamen alle wieder gerne auf Opas und Omas Hof zurück. Und sie griffen herzhaft zu. Aber das Schlachten war eine Knochenarbeit.

Nicht umsonst tut mir mein ganzer Rücken weh und ich sehe aus wie eine Hexe mit Buckel. Heimlich genehmige ich mir abends immer ein Gläschen vom Selbstgebrannten. Der rinnt die Kehle hinunter und wärmt von innen. Alles in Allem ist es hier doch eigentlich wie auf meinem Hof. Beim Mittagessen schmatzt es um mich herum wie in einem Schweinestall und wie bei den Kühen auf der Weide gehen hier ordentlich Winde ab, egal wo die alten Schabracken stehen, sitzen oder liegen. Also alles wie immer. Da fällt mir glatt noch einer ein: Der Bauer geht mit seiner Kuh durchs Dorf. Fragt sein Nachbar: "Seit wann gehst du denn mit einem Esel spazieren?" - "Mensch das ist doch kein Esel." - "Ich spreche ja auch mit der Kuh." Nee, nee...Es fehlt mir an nichts und ich hab das große Glück, dass ich aller zwei Wochen an den Wochenenden meine Landluft riechen und den jungen Leuten beim Arbeiten zusehen kann. In der Hand ein großes Glas Milch, natürlich selbst gemolken!

Mit einem Kopfschütteln und immer noch lachend gehe ich aus ihrem Zimmer. Wir reden keine hochtrabenden Sachen und sie hat noch nie im Leben einen Computer bedient, dennoch kann sie mir unendlich viel beibringen. Letztens habe ich gelernt, das Eierabschrecken höchstens die Finger vor Verbrennung schützen kann, denn besser schälen lassen sie sich deshalb noch lange nicht! Die Regel heißt, je älter das Ei, umso besser lässt es sich ausziehen.

Möglichkeiten zur Vorbeugung

- Behandlung der Risikofaktoren für Gefäßkrankheiten

- Behandlung von Depressionen

- Korrektur von Vitamin- und Hormonmangelzuständen

- Vermeiden von Schädelhirnverletzungen durch Sturzprophylaxe

- # Geistig, körperlich und sozial aktiver Lebensstil

- # Gesunde Ernährung

- Behandlung von beginnendem Hörverlust

Kapitel 14

Der Geologe

Ich verstecke mich in der Personaltoilette, damit niemand merkt, dass ich meine Tränen nicht unterdrücken kann. Ich habe gelernt, dass ich die Einzelschicksale, von denen ich hier umgeben bin, nicht mit nach Hause nehmen darf, aber nicht immer gelingt mir das. Er war wie eine Vaterfigur für mich. Er hat mir zugehört und wir konnten gemeinsam dem Schachspiel frönen. Meine Tochter liebte er wie ein eigenes Enkelkind und mit einem stolzen Lächeln präsentierte er mich seiner Familie. Zwei Kinder, 4 Enkel und bereits ein Urenkel schmücken auf Fotos die Wände seines Zimmers. Genauso lang wie die Liste seiner geliebten Angehörigen ist jedoch auch die Anzahl seiner Erkrankungen. Zwei schwere Herzinfarkte, mehrere Bandscheibenvorfälle, ein schwerer Skiunfall mit mehreren Frakturen und insgesamt fast drei Jahre Rehabilitationsaufenthalte. Ich begleite ihn nun schon über Jahre hinweg. Anfangs war er ein Rezeptpatient in der Einrichtung, in der ich vorher arbeitete und dann ein Teil unserer Gemeinschaft hier im Haus. Intelligent, gewitzt, eine Schulter zum Anlehnen, ein Freund und Lehrer. Er wird mir sehr fehlen, denn unsere Gespräche und die Wärme, die er ausstrahlte waren wie ein Schmerzpflaster auf meiner familientragödiengeprägten Seele.

Wie sie da unten herum wuseln und sich abmühen etwas zu erreichen. Ich kann ihre Gedanken hören und begreife jetzt nach dem Ablegen meines Körpers, dass doch alles Eins ist, dass jedes gedachte Wort in Energie übergeht, ja, Energie ist. Wie einfach und schön könnte das Leben für jeden Menschen sein, wenn er begreifen würde, welche Macht in ihm wohnt. Sie könnten sich eigene Realitäten schaffen ohne Nöte und Sorgen, sind doch nur zwei Dinge dafür notwendig. Sie müssten im Hier und Jetzt leben und nicht in der Vergangenheit schwelgen oder sich die Zukunft ausmalen und sie sollten bedingungslos lieben ohne zu Erwarten. Wenn das nur möglich wäre, dann würde das Paradies die Koffer packen müssen und seine Adresse in „der blaue Planet" verändern. Jetzt hab ich gut reden, da ich endlich sehend bin, aber zu Lebzeiten war auch ich blind und konzentriert auf diese Hülle, die mich so oft in Panik und Ängste versetzte. Ich weiß noch, wie es sich anfühlte, wenn es im Brustkorb eng wurde, der Kopf hämmerte und mir ganz flau im Magen wurde. Ich dachte diese Operation könnte wieder alles richten, obwohl mir insgeheim sehr wohl bewusst war, wie schwierig dieser Eingriff sein würde. Hatte ich doch deutschlandweit nur einen Arzt gefunden, der sich traute und das Unmögliche möglich machen wollte.

Wenigstens mein Tod war ein ruhiges Hinübergleiten. Ich schaue noch einmal bei Allen vorbei, die für meine seelische Entwicklung im Leben auf Erden wichtig gewesen waren. Es geht ihnen gut, gefasst haben sie meinen Tod aufgenommen. Ich hatte alles gut vorbereitet. Ich bin frei von allem Schmerz und jedweder Pein. Wir sehen uns in einer anderen Welt, einer Welt ohne Grenzen, angefüllt mit bedingungsloser Liebe. Ich freue mich auf euch.

Er ist auf dem Operationstisch gestorben. Ein schneller Tod nach ei-
ner endlosen Leidensgeschichte geprägt von Schmerzen, Hoffnung
und Rückschlägen. Ich habe ihn sehr für seine Ausgeglichenheit be-
wundert und dafür, dass er zu jedem Zeitpunkt Hoffnung zu gesun-
den innerlich verspürte. Ich denke an die letzten Stunden die wir beim
Schachspiel miteinander verbracht haben und muss fast schon ein we-
nig hysterisch loslachen bei dem Gedanken an seinen Spielsieg und
meine Schmach. Ich wünsche mir sehr, dass wir uns wiederbegegnen,
denn ich möchte eine Revenge.

Positive Sichtweise

Demenz führt vom:

Denken in die Wahrnehmung.

Verstand in das Gefühl.

Kopf in das Herz.

Kapitel 15

Die Hauswirtschaftlerin

Menschen, die eine solche Herzenswärme ausstrahlen, dass sich ihnen keine andere Person entziehen kann und Liebe ganz von selbst fließt, sind nicht reich gesät. Sie ist eine von diesen. Alle im Haus freuen sich, wenn sie mit ihrem Rollator über die Gänge fegt und uns ein Lächeln und ein Guten Tag mit polnischem Akzent schenkt. Sie weiß nicht, wo sie ist und kann sich die Gesichter und Namen der Pfleger oder Bewohner nicht merken. Doch stets ist sie freundlich und dankbar für jedes Wort, welches wir mit ihr sprechen und jede Minute, die wir mit ihr teilen.

Ach das ist aber eine nette Frau. Sie hat so schönes schwarzes und volles Haar. Ich selbst trage meine gern zum Pferdeschwanz zusammengebunden. Vielleicht sollte ich die junge Dame ja fragen, wo es hier zur nächsten Bushaltestelle geht. Ich muss doch zurück in mein Dorf. Der Pfarrer weiß bestimmt nicht, wo ich bin und die Kirchenglocke muss um zwölf geläutet werden. Ja, das sind gute Herrschaften. Ich darf mit ihnen am Tisch die Malzeiten einnehmen und habe eine Kammer für mich allein. Sie sagt ich soll hier erst einmal mit Mittag essen und müsste da bleiben, weil Hochwasser ist und der Bus nicht fahren kann. Sie zeigt mir ein schönes helles Zimmer. Ich glaube das ist ein Hotel. Sie will bei mir daheim anrufen und Bescheid geben, dass die Frau Kirchenvorstand läuten gehen muss. Wie weich und bequem dieses

Bett ist. Ein kleines Nickerchen kann nicht schaden. Wo bin ich hier? Ich sollte doch ein Stück Butter und frisches Brot holen und meiner Herrschaft bringen. Ich werde mal den jungen Mann da hinten fragen, ob er mir vielleicht den Weg nach Hause sagen kann. Guten Tag, sie werden entschuldigen...!

Sie hat einen so gütigen Blick und legt gern ihre Hände in meine Hände. Sie schwärmt immer davon, wie warm sich das anfühlt und wie gut ihr das tut. Wie wenig doch notwendig ist, um einem Menschen Augenblicke der Glückseligkeit zu schenken. Wenn wir so beieinander sitzen und nachdem ich sie beruhigt und ihr ausgeredet habe, die nächste Haltestelle zu suchen, reden wir über ihre Aufgaben, die sie als Haushälterin hatte. Sie selbst sieht sich in Gedanken als junge Frau und ich gehe darauf ein. Warum sollte ich sie darauf hinweisen, dass ihr einst wunderschönes Haar weiß und dünn geworden ist, dass ihre Hände von Altersflecken überzogen und die elf Tabletten am Morgen keine Süßungsmittel sind. Ich freue mich einfach, dass sie zufrieden scheint und keine Anzeichen für Depression zeigt, wie viele andere, Menschen die hier wohnen. Sie ist mein Sonnenschein und Ruhepol, wenn der Tag verregnet ist oder zu viel gleichzeitig auf mich einstürmt! Ich halte sie gern in meinen Armen und gebe ihr immer einen Kuss auf die Stirn beim Abschied und sie schließt dabei die Augen. Ich danke ihr von Herzen für diese wertvollen und innigen Momente!

NICHT verwechseln

Die Unterscheidung von Altersdepression und Demenz kann sich schwierig gestalten. Beobachte die Anzeichen.

Depression	Demenz
rascher Beginn	oftmals schleichend, erste Anzeichen 1 Jahr zurück
Leistungsschwankungen	Leistungsminderung
Schlafstörung, grübeln, Suizidgedanken	Kurzzeitgedächtnisdefizit im Vordergrund
orientiert	desorientiert (Zeit, Ort, Situation)

markant:
Ein Mensch mit Depression weiß, wie Alltagshandlungen durchzuführen sind. Ein Mensch mit Demenz hat zunehmend Probleme in der Umsetzung seiner alltäglichen Handlungen. (z.B.: waschen, anziehen, essen...)
Kapitel 16

Der Kfz Mechaniker

So ein Stinktier. Wir lachen uns an und mir ist klar, wir werden heute kein Deut weiter kommen. Er kann sich nicht mehr konzentrieren. Selbst ein „ja", das einzige Wort, welches er meist deutlich ausspricht, kommt nur unverständlich über seine Lippen. Gut, dass er nicht frustriert reagiert, sondern sich selbst einfach belächelt. Er ist erst 54 Jahre alt und wirkt wie ein Jungspund zwischen den anderen Bewohnern. Er hat ein süßes Grinsen und die Aggressionen, die er anfangs zeigte, gehören der Vergangenheit an. Eine Hirnblutung hat ihn abrupt aus dem Leben gerissen. An die fünf Stunden muss er auf dem Boden seines Hobbykellers gelegen haben, ehe ihn seine Ehefrau fand. Ein halbes Jahr später landete er dann bei uns.

Warum kommt dieses Wort einfach nicht raus. „Verdammt nochmal!", ich kann es doch auch denken. Ich versuche mich daran zu gewöhnen und ignoriere die neugierigen Blicke, die sie mir hinterrücks zuwerfen, wenn ich wieder einmal nach außen wie ein Affe zur Brunftzeit wirke. Gestik und Mimik sind so gut wie das Einzige, was mir bleibt, um mich irgendwie verständlich machen zu können. Wenn ich so nachdenke, dann liegt doch viel Ironie in meiner eigenen Lebensgeschichte. Erst verbot mir meine Frau das Wort und sperrte mich förmlich in einen kleinen dunklen Hobbykeller, den sie mir freundlicherweise von meinem Geld hatte bauen lassen, bevor sie dann den Rest meines Vermögens selbst durchbrachte. Jetzt bin ich äußerlich wie innerlich endlich frei von dieser einst so geliebten Blutsaugerin, aber höchstens ein „ja" kommt verständlich über meine Lippen. Die hübschen Dinger hier mühen sich ab, um vielleicht doch noch ein oder zwei andere Wörter zu hören und lassen mich schreiben, sofern man das noch so nennen kann. Ich muss manchmal so sehr über mich selbst lachen, dass im Anschluss daran erst mal gar nichts mehr geht. Es kann auch passieren, dass ich den Stift frustriert in die Ecke schmeiße, weil selbst das Schreiben meines Namens mir Schwierigkeiten bereitet. Froh bin ich darüber, dass eine Menge Personal hier arbeitet und immer mal wieder die Eine oder Andere bei mir reinschaut und ein paar Witze auf meine Kosten loslässt, bei denen auch ich mich gut amüsiere. Ich brauche kaum Hilfe und komme ganz gut durch den Tag.

Angst habe ich nur davor, dass meine Frau mich vielleicht zurückholt, weil sie jeden Monat zuzahlen muss für meine Unterkunft hier. Dann müsste ich in das gehasste und doch so vertraute Gefängnis, was angefüllt ist mit Erinnerungen an einsame Tage und Abende mit unzähligen Bierflaschen und Zigaretten, zurück. Schon bei der Vorstellung in ihrem Haus, ein „unser" ist schon ewig gestorben, wieder meine Jahre fristen zu müssen, weckt Panik und Ekel.

Ich möchte hier bleiben, auch wenn die Alten mir manchmal zu viel dummes Zeug quatschen und die Geräusche nicht immer die schönsten sind. Komisch, was mein Kopf mit mir macht. Ich verstehe es nicht, egal wie oft mir das jemand schon erklärt hat. Es fallen Worte wie motorische Aphasie. Es ist wie es ist. Die einzige Ablenkung verschaffen mir meine verstohlenen Blicke auf die wohlschwingenden Brüste und prallen Hintern einiger Schwestern.

Der da unten funktioniert nämlich noch wunderbar. Man könnte es als Glück bezeichnen, dass es die linke Hand erwischt hat. Wieder einer, bei dem ich selbst lachen muss. Bedauerlicherweise ist es mir selbst nicht möglich, eine dieser allseits bekannten und doch verschwiegenen Nummern anzurufen und scheinbar kommt kein Mensch hier auf die Idee, dass ich ein Mann mittleren Alters bin und durchaus noch Gelüste habe. Die Uhr zeigt schon elf, also nichts wie runter zum Mittagessen. Ich will vor den anderen da sein, da bekomme ich als erster meinen Teller und kann auch als erster wieder raus aus dem prall gefüllten Saal mit den sich anschreienden Greisen. Einer schwerhöriger wie der Andere. Beeilung...

Kaum ist die Tür aufgeschlossen stürmt er behände mit seinem Rollstuhl zu seinem Platz und kann es kaum erwarten sein bestelltes Mittagessen von einer Schwester zu erhalten. Er glaubt, er würde alles verstehen, aber wenn ich meine Tests durch sehe weiß ich, dass er bei komplexen Inhalten auch so seine Probleme hat. Wichtig für mich ist, dass er sich seiner Situation bewusst ist und sich zu hundert Prozent für unsere Gemeinschaft entschieden hat. Er möchte keinesfalls wieder in sein altes zu Hause zurück. Die Biographie der letzten Jahre liest sich wie ein schlechter Dreigroschenroman. Er hat eine Frau geehelicht, die sein Geld liebte und ihn missachtete. Trotz aller Warnungen und Bitten durch seine Mutter und Geschwister hielt er an ihr und der Ehe fest. Sie vergrub ihn ihm Keller, brachte sein Vermögen durch und hatte viele Liebschaften. Er wurde süchtig nach Alkohol und Zigaretten, fiel zuletzt in eine tiefe Depression. Die Gespräche mit seinem Hausarzt zeigen mir, wie sehr er eine geordnete und liebevolle

Umgebung braucht und trotz seines körperlichen Zustandes und der großen Sprachbehinderung ist er bei uns regelrecht aufgeblüht. Wir sind sowas wie Kumpels geworden und ich lächle verschmitzt in mich hinein, wenn ich ihn dabei erwische, wie er meinen Hintern anstarrt. Ich weiß, dass er mir nie zu nahe treten würde!

Gedanke

Wessen wir am meisten im Leben bedürfen ist jemand, der uns dazu bringt, das zu tun, wozu wir fähig sind.
R.W.Emerson

Hilfe zur Selbsthilfe statt Abnahme aller Handlungen!

Wenn Worte zur Anleitung nicht mehr genügen, dann lade ich Dich ein, Pantomime zu nutzen. Du kannst auch gern die Hand des dementen Menschen zur Handlung führen. Sehr gut funktioniert das beim Essen mit Gabel oder Löffel. Oftmals kann diese automatisierte Aktivität im Gehirn abgerufen werden, wenn man das Besteckteil in die Hand des Betroffenen legt und dann die eigene Hand um seine Hand und gemeinsam die Bewegung zum Mund ausführt. Häufig übernimmt der Demenzkranke dann selbständig den Bewegungsablauf.

Kapitel 17

Die Buchhalterin

Ich habe noch nie ein solches Strahlen in ihrem Gesicht gesehen. Überschwänglich dankt sie mir. Es ist fast schon peinlich. Ich habe an sich kaum etwas getan, nur ein zwei Wünsche ihrerseits und ein paar fachliche Ideen meinerseits weitergetragen. Dadurch kann sie nun in ein anderes Zimmer ziehen. Es ist schön, dass ihr dieser Herzenswunsch erfüllt wird, auch wenn im Gegenzug dafür ein anderer Bewohner seine Lebenskreise beendet hat. Sie ist eine von den Schwierigen, wenn man das so ausdrücken darf. Sie beginnt ihren Tag mit den Worten „ach mein Herz" und beendet ich ihn mit den Selbigen. Die meiste Zeit verbringt diese Frau in ihrem Zimmer, auch die Mahlzeiten nimmt sie dort ein. Zeit ihres Lebens war Krankheit das zentrale Thema. Depression, Anorexia nervosa, Herz- Rhythmusstörungen und Halswirbelsäulenprobleme sind nur einige der Begriffe, die in den Arztbriefen auftauchen.

Oh dieser Schwindel. Mir ist so schlecht und mein Herz. Es schlägt schon wieder daneben. Jetzt bloß keine Angst bekommen, alles ist gut. Es beruhigt sich bestimmt gleich. Warum nur immer ich. Hoffentlich machen die Schwestern alles richtig mit meinen Medikamenten.

Heute früh hatte ich die große gelbe Kapsel in dem kleinen Napf, dabei nehme ich die doch sonst erst mittags. Das muss ich unbedingt sagen. Ich fühle mich so schlecht und mein Herz setzt heute so oft aus. Ich will nicht sterben. Vielleicht kann ich ja morgen schon in mein neues Zimmer. So eine liebe Frau. Sie hat sich sehr für mich eingesetzt. Ich muss doch ganz dringend ausziehen hier. Es wird tagsüber so heiß in diesem Raum, dass ich mich wie ein Stück Grillfleisch fühle und kaum Luft bekomme. Als noch viel belastender empfinde ich das Teilen des Bades. Die Frau, die neben mir wohnt ist blind. Sie ist arm dran, aber für mich ist der Zustand der Gemeinschaftsnutzung nicht mehr tragbar. Immer wenn sie auf Toilette geht, muss ich diese jedes Mal danach reinigen. Vielleicht bin ich penibel, aber von Waschzwang, wie die Ärztin in der letzten Klinik sagte, würde ich nicht sprechen wollen. Nun werde ich wieder ein Bad ganz allein für mich haben. Dafür bin ich wirklich dankbar. Ein wenig stört mich aber, dass die Ärztin so auf meiner Ernährung herumreitet. Sie redet davon, dass ich Eiweiß brauche, weil meine Blutbildung sehr schlecht ist und ich generell äußerst entkräftet wirke. Vielleicht probiere ich es ja. Hauptsache ich nehme nicht wieder zu. Übergewicht ist nicht gut fürs Herz habe ich gehört...

Ein Teil des Pflegepersonales ist nicht so gut auf sie zu sprechen. Sie glauben, dass diese Bewohnerin sich vieles „zusammenspinnt" und doch nicht wirklich so krank ist, wie sie sagt. Ich gehöre zu dem anderen Teil. Ja, sie schwankt in ihren Aussagen. Ja, sie schimpft viel und greift sich minütlich an das Handgelenk, um ihren Puls zu fühlen. Aber so zu leben muss sehr anstrengend, geradezu kraftraubend sein. Der Tag kreiselt nur um Tabletteneinnahmen, Schmerzen und Todesängste. Es erfordert Geduld, ein gewisses Maß an Selbstschutz durch „Überhören" und Verständnis, dass diese Bewohnerin auch nur

im Rahmen ihres Handlungsspielraumes, den sie sich im Leben erar-
beitet hat, agiert. Ich werde weiter an ihrem Bett sitzen, ihr zuhören
und mein Möglichstes tun, dass sie freudvolle und angstfreie Minu-
ten erlebt.

Die Sache mit dem Druck

Es ist unmöglich für jede Situation gewappnet zu sein.

Es ist unmöglich, alles vorauszuplanen.

Es ist unmöglich, alles allein zu schaffen, ohne Schaden zu nehmen.

Atme bewusst den Druck aus und finde jeden Abend mindestens drei Begebenheiten des Tages, die dich erfreuten und notiere sie. Fühle bewusst die Dankbarkeit und feiere auch kleinste Erfolge!

Druck erzeugt nur noch mehr Druck.

„Wenn du weißt, dass Unvorhergesehenes passieren kann, dann wird dir bewusst, dass nur der gerade stattfindende Moment, der einzige Zeitpunkt ist, in welchem du wahrhaftig lebst!" N.Hebert

Kapitel 18

Die Kinderfrau

Da steht wieder eine Neue unterm Tisch und ein kleines Gläschen ist noch halbvoll vom Vorabend. Ein Schmunzeln huscht kurz über mein Gesicht. Sie liebt ihren Eierlikör und das damit verbundene Einschlafritual. Jede Woche lässt sie sich eine Flasche von ihrer Bekannten mitbringen. Keine eigenen Kinder, keine lebenden Familienangehörigen und ein längst verstorbener Mann, aber liebe Freunde, die sie umsorgen. Ich mag sie sehr. Sie geht mir nur bis zur Schulter und hat diesen unschuldigen Dackelblick. Ich kann ihr einfach nichts abschlagen. Sie versucht so viel wie möglich noch selbst zu schaffen, ob es das Waschen, Anziehen oder Laufen am Rollator ist. Sie ist eine kleine zähe Kämpfernatur, die der Starre des Parkinsons zu entkommen versucht. Tag um Tag aufs Neue.

Heute ist es besonders schlimm. Dieses Zittern bringt mich an den Rand der Verzweiflung. Bloß nicht verrückt machen lassen. Ein Bein vor das andere setzen. Weiter, noch ein Schritt. Es gibt Tage, die sind schwer wie Blei und wollen nicht enden. Schon morgens freue ich mich dann innerlich auf meinen allabendlichen Trunk. Früher habe ich meinen Eierlikör immer selbst gemacht. Sechs Eier, 250g Zucker, 200g frische Sahne, ¼ Liter Doppelkorn und 1 Päckchen Vanillezucker. Das Eigelb, den Zucker und den Vanillezucker 8 min bei 70 Grad erhitzen und nach 4 Minuten die Sahne und den Korn hinzugeben. Dann musste ich ihn nur noch in Flaschen abfüllen und in den Kühlschrank stellen. Ein Hochgenuss! An Tagen wie diesen muss mir eine Schwester helfen bei meiner Morgentoilette. Das ist mir furchtbar unangenehm, ja regelrecht peinlich. Sie beschweren sich nicht, sind wirklich nett zu mir, aber ich mag es nicht, wenn fremde Hände meinen Körper berühren und keinerlei Intimsphäre mehr vorhanden ist. Ich möchte diese Hilfe nicht, aber es wird schlimmer. Diese Krankheit namens Parkinson fordert ihren Tribut und auch die Dosiserhöhung der bunten Pillen hat keine Erfolge gezeigt. Für heute ist die Prozedur vollbracht und ich kann zum Speisesaal los wackeln. Meine Lieblingsschwester ist da und empfängt mich mit einem freudigen Strahlen. Die Sonne lugt auch zu den großen Fenstern hinein und ich versöhne mich langsam mit meinem Unvermögen. Sie setzt sich zu mir und schenkt Kaffee ein. Eine halbvolle Tasse mit Milch und eineinhalb Löffeln Zucker. Gut gemacht Mädchen. Ach nein, bitte nicht diesen Latz. Sie reden hier von Kleiderschutz. So kann man das auch ausdrücken. Ein hübsches Blumenmuster ziert dieses Stück Plastikstoff. Das ist schrecklich, aber noch schlimmer wäre ein bekleckerter Pullover. Augen zu und durch. Sie hat ein Wahnsinnstalent mich abzulenken von all dem Unschönen. Wir prosten uns mit Kaffee zu und insgeheim wünschte ich einen kleinen Schluck des heißgeliebten Gesöffs anstatt der Milch wäre in meiner Tasse.

Wir reden über alte Zeiten, das Wetter und meinem Kater. Ich bin zu einem Teil ihres Lebens geworden. Über die Jahre schleicht man sich in die Herzen vieler Bewohner und muss behutsam und mit Respekt handeln. Zum Wohl und auf einen Neuen Tag!

Hinweis

Vom Kopf ins Herz

Der Verstand löst sich langsam auf, aber die Fähigkeit Gefühle zu empfinden, bleibt bis zuletzt!

Menschen mit Demenz können im Verlauf der Erkrankung ihren Gefühlen immer weniger verbalen Ausdruck verleihen und obwohl sie ein für uns oftmals unverständliches Verhalten zeigen, haben sie die Fähigkeit, mit dem Herz zu sehen.

Schalten wir also den Verstand ab und tauchen in die Emotion des Gegenübers ein, dann finden wir schnell heraus, was gerade wichtig ist.

Kapitel 19

Die Organistin

Abermals versuche ich unter Ächzen und mit größter Anstrengung diesen Stützstrumpf über ihre opulenten Oberschenkel zu streifen. Wo ist diese Strumpfanziehhilfe schon wieder hin. Wie oft am Tag suche ich in diesem Haus nach Hilfsmitteln jeder Art, ob Rollstühle, Brille oder Gebisse. Noch interessanter sind die Orte, an denen ich die vermissten Gegenstände schlussendlich wiederfinde. Sie knurrt mich von der Seite an, ob ich das nicht schneller könnte. Ein wenig mehr Freundlichkeit würde ihr gut stehen. Grundcharakterzüge verdichten sich und bei einigen Demenzerkrankten kommen eher negative Seiten zum Tragen. Ich kenne mittlerweile ihre Eigenarten und Verhaltensweisen ganz gut und gehe geflissentlich über so manche Schimpftirade hinweg.

Diese Schwester ist wohl unfähig mir mal ein wenig zur Hand zu gehen. Die Zeit drängt. Ich muss noch frühstücken und pünktlich halb neun am Hauseingang stehen, weil das Taxi dann wartet. Ich bin ein anerkanntes Mitglied meiner Gemeinde und möchte keinesfalls zu spät zum Gottesdienst erscheinen. Was sollten dann die anderen von mir denken. Noch niemals war ich unpünktlich. Bei mir zählen Werte und es gibt festgesetzte Normen. Schon seit 40 Jahren gehöre ich ein und derselben Kirchgemeinschaft an. Ich brauche kein Gesangsbuch, denn die Lieder kann ich alle auswendig, habe ich doch jahrelang die Orgel gespielt. Ein wenig befremdlich sind mir noch die Predigen des Neuen. Alles ist so modern geworden. Mir missfällt das sehr. Na endlich hat die junge Frau es geschafft. Sie fragt mich nach einem weißen Metallgestell. Was weiß ich denn wohin die Dinge hier verschwinden. Es darf ja Jedermann rein und raus spazieren wie er möchte. Sogar Geld wurde mir schon gestohlen, aber sie geben mir den Schlüssel für mein Zimmer nicht mehr. Angeblich hätte ich schon zwei davon verloren. Als ob mir so etwas passieren könnte. Meine Sachen haben alle ihren angestammten Platz und es herrscht Ordnung in den Schränken. Mir braucht da keiner was zu erzählen. Jetzt aber hurtig junge Dame.

Wir diskutieren wieder über das Thema Wertgegenstände und Geld im Zimmer. Diese Bewohnerin hat ein miserables Kurzzeitgedächtnis und vergisst, wohin sie die Dinge räumt und das ein Tresor für sie im Kleiderschrank zur Verfügung steht, wie jedem Bewohner unserer Hausgemeinschaft. Sie versteckt alles unter der Matratze und im Schieber zwischen der Unterwäsche. Große Beträge habe ich schon in ihrem Zimmer gefunden und zur Verwahrung in die Buchhaltung gegeben. Das Stehlen ist eines der konfliktgeladensten und unangenehmsten Themen im Heim. Alle sind Verdächtige, vom Pflegepersonal, über die Putzfrau bis hin zum Hausmeister. Auch Besucher könnten teilweise unbeobachtet auf die Suche nach Schmuck und ähnlichem gehen, wenn die Bewohner selbst nicht abschließen und den bereitgestellten Safe nicht nutzen. Dieses Haus ist ein Abbild der sie umgebenden Welt, mir all den guten und schlechten Dingen.

Ist das, was ich tue, lebensdienlich für mich und andere Menschen?

Wer will ich sein?

Welchen Wert gebe ich mir selbst?

Was würde ich tun, wenn ich keine Angst hätte?

Kapitel 20

Das Ehepaar

*Heute sah ich die Beiden wieder draußen
in unserem kleinen Park auf der
knorrigen Holzbank,
die inmitten von wunderschönem, bunt-
gesprenkeltem Grün steht.
Ein altes Ehepaar.
Sie tauschen vertraute Blicke und
zärtlich strich er ihr
das lose weiße Haar aus der Stirn.
Sie schenkte ihm zum Dank für seine
sanfte Berührung ein Lächeln
und legte ihre Hand auf die Seine.
Eine vertraute und liebevolle Geste.
Beim Weitergehen hakte sie sich unter.*

*Eine Liebe -
lebendig und wärmend.*

*Sie sind sich so unendlich vertraut. Kein Schauspiel, kein aufgesetz-
tes Eheglück, keine spürbare Distanz. Sie schenken mir Hoffnung
und geben Ausblicke auf eine immerwährende Liebe. Es gibt nichts
anderes zu sagen, keine Worte, die beschreiben könnten, was diese
zwei Menschen ausstrahlen. Eins im höchsten Maße. Selbst die
Bäume schienen ihnen heute zuzulächeln.*

Ich liebe dich. Ich dich auch mein Herz.

Was zählt

LIEBE und DANKBARKEIT

„Wenn Du diese Emotionen zutiefst empfinden und bedingungslos anderen Menschen schenken kannst, dann steht dir das Tor zum Paradies auf Erden offen." N.Hebert

Kapitel 21

Die Bibliothekarin

Sie ist heute wieder sehr reizbar und zeigt Stimmungsschwankungen, die es dem Personal, wie auch den Heimbewohnern sehr erschweren, mit ihr in Kontakt zu treten. Extreme bestimmen ihr Leben. Entweder zieht sie sich vollkommen zurück oder geht aggressiv auf Konfrontationskurs, ohne über die Folgen nachzudenken. Mehrere Entziehungskuren liegen hinter ihr, aber immer wieder findet „Er" zu ihr nach Hause und nimmt sie mit in seine Glück vorgaukelnde Hölle.

Wenn ich morgens die Kinder versorgt hatte und diese in der Schule waren und der Mann bei der Arbeit, fing ich an zu trinken. Ich versteckte den Fusel zwischen der Wäsche, in Handtaschen, in Schränken und sogar in der Waschmaschine oder füllte es zur Tarnung in andere Flaschen. Niemand sollte meinen Freund finden. Ein Freund, der in der Lage war, mich in Stresssituationen zu beruhigen und ein Gefühl der Schwerelosigkeit zu schenken. Es gab Zeiten, da habe ich meinen Fusel sogar in den Balkonkästen vergraben, um nachts ungestört zu trinken. Wenn ich dann stinkbesoffen in der Wohnung lag, teilweise sogar eingepinkelt hatte, suchte ich insgeheim Gründe für mein Tun und Bilder von verunglückten Verwandten oder großer finanzieller Not kamen mir in den Sinn. Als Dank und Folge schenkt mir meine Leber in den letzten Lebenskreisen gern mal einen gelben Anstrich und dieses anhaltende Zittern meiner Hände macht es schwer, ein Glas zum Mund zu führen.

Ich weiß, dass die sich hier alle ihre Mäuler zerfetzen, als ob einer von denen schuldfrei gelebt hätte. Ich spüre ihre verachtenden Blicke in meinem Rücken und es zieht mich fast schon unter körperlichen Schmerzen in mein Zimmer und meine Hand erfühlt den Vertrauten und doch so verhassten Kelch, der angefüllt ist mit Selbstlügen. Ich leere ihn und spüre die mir so gut bekannte wohlige Wärme meines falschen Seelentrösters in meinen Bauch und von Minute zu Minute gewinne ich an Selbstsicherheit. Ich kann und will diesen Kampf einfach nicht mehr gewinnen und gebe mich wehrlos hin. Keiner versteht mich und alle haben Weisheiten auf den Lippen. Was wollen die denn. Mir geht es fantastisch. Ich brauche euch nicht!

An den wenigen ruhigen Tagen, an denen sie in der Lage ist sich selbst zu kontrollieren, erzählt sie mir bruchstückhaft ihre Geschichte. Eine Geschichte, die von Selbstzweifeln, Ängsten, Rausch und Verlusten geprägt ist. Ich zeige Verständnis, statt zu drohen und gemeinsam mit ihr Perspektiven zu erarbeiten, statt zurückzuweisen.
An den verlorenen Tagen wie heute jedoch, an denen ich schon an ihren geschwollenen Augenlidern sehe, dass sie getrunken hat, wo immer sie dieses Teufelszeug auch her bekommt, ist eine hohe Mauer zwischen ihr und uns anderen Menschen. Sie schimpft auf Alles und Jeden und sieht sich als Mittelpunkt des Universums. Keiner kann die blaue Kaiserin in diesen Momenten vom Thron stoßen.

Wahrheit

Jede Herausforderung, jedes Übel, jedes Leid, jede Trauer und jede Krankheit geben deiner Seele die Möglichkeit zu wachsen. Hinter dem Schmerz und der Angst warten eine tiefe Dankbarkeit und dein Lebensglück.

„Wer schwindelerregende Höhen und niederschmetternde Tiefen im Leben erfährt ist ein reicher Mensch, denn seine Seele ist satt und wohlgenährt!" N.Hebert

Kapitel 22

Der Lokomotivführer

Ich verstehe nicht, warum es so schwer für manche Menschen ist, ein wenig Empathie für Jene zu zeigen, die alt und krank sind. Ich weiß, er fordert uns oftmals alles ab, aber andererseits gibt es sehr warme und herzliche Momente, die wir mit ihm teilen. Sein Grinsen ist entwaffnend und kann angespannte Situationen in Null Komma Nichts auflösen. Er braucht früh den immer gleichen Ablauf. 8:00 Uhr aufstehen, mit Hilfe einer Schwester waschen und anziehen und dann Frühstücken ohne dass irgendjemand neben ihm eine Unterhaltung führt, denn das würde ihn sehr stören und an essen wäre nicht mehr zu denken. Wenn wir darauf Rücksicht nehmen, dann läuft der Tag stressfrei ab, aber heute hat eine neue Schwester angefangen, die trotz Übergabe natürlich Startschwierigkeiten hat und ihr Tempo erst noch finden muss. Es ist unmöglich, dass sich neues Personal sofort alle Eigenarten unserer Hausbewohner einprägt. Allerding ist das Gift für ihn, wenn es Veränderungen gibt und damit stellt er hier keine Minderheit dar. Für ihn ist es unabdingbar eine festgelegte Reihenfolge einzuhalten und wenn irgend möglich täglich zur gleichen Uhrzeit früh an seinem Bett zu erscheinen.

Mein Magen knurrt. Wieso kommt denn hier niemand. Dann lasst mich doch hier liegen. Lasst einen armen alten Mann verdursten und verhungern.

Ich höre ihn laut rufen aus seinem Zimmer, gehe hinein und versuche die Situation zu retten. Hier herrscht Chaos. Zwei Schwestern reden auf ihn ein und er wischt mit einer schnellen gezielten Bewegung alles vom Nachttisch herunter. Es klirrt und Scherben fliegen quer durch den Raum. Der ganz normale Wahnsinn und doch auch ein Fehler unsrer Seite. Ich schicke alle weg und sie schenken mir ein dankbares Nicken. Nachdem endlich auch das große, sehr laute Ungetüm von Staubsauger das seine verrichtet hat, kann ich mich um ihn kümmern.

Dieser Lärm. Mir tun die Ohren. Nehmt das Ding weg. Eine ist noch hier. Die kenne ich doch.

Wir gehen gemeinsam ins Bad und mit einer Engelsgeduld verbringe ich mit Schweißperlen auf der Stirn und leise gesprochenen Anwei-sungen, die seiner selbst festgelegten Reihenfolge entsprechen, endlose 45 Minuten im tropisch anmutenden Klima seines Bades. In Gedan-ken sag ich mir immer wieder „Auch das geht vorüber.". Ab in das rollende Gefährt und auf zur Schwesternsuche. Die „Vorfreude" steigt beim Gedanken an die nun bevorstehende Zuckermessung. Ich hab im-mer ein ungutes Gefühl in der Magengegend, wenn Situationen auf-treten, in denen man die Hände von einem Hausbewohner festhalten muss. Für beide Seiten kein schöne Sache, aber in seinem Falle ein ab-solutes Muss, weil sonst keiner von uns sicherstellen kann, dass am Ende wirklich nur seine Fingerspitze einen Blutstropfen verliert.

Was machen die. Wieso hält sie meine Arme fest. Lasst mich in Ruhe! Ich habe Angst!

Schön, dass ich an eine sehr geübte Kollegin geraten bin. Ist ja gut. Alles vorbei. Unterzucker… also im Eiltempo zum Frühstück. Ich bezirze ihn und zeige ihm seinen Naturjoghurt mit Banane. Den muss er zuerst essen. Da sind alle Medikamente drin. Fein weiter essen mein Freund. Ein Löffel nach dem nächsten. Wir schaffen das schon!

Endlich was zu beißen. Der Joghurt schmeckt. Schneller.

Man könnte meinen, er hätte in den letzten Tagen nichts zu sich genommen. Ich komme kaum hinterher mit nachschaufeln. Ist ja gut, ich beeile mich. Was bin ich dankbar, dass er keine Schluckstörung hat, sonst würde ich wahrscheinlich in diesem Moment zu einer Angstsäule erstarren. Die Schnitten und der Kaffee sind dran. Oh nein, nicht doch…

Geht weg hier. Ich kann mich nicht auf mein Essen konzentrieren. Was reden die. Ich bin ganz durcheinander.

Ich weiß, dass es wichtig war, was die Pflegerin mir gerade sagte. Gleichzeitig ist mir auch bewusst, dass ich jetzt wieder nach allen Regeln der Kunst kämpfen muss, um ihn für mich und den noch angefüllten Teller zurück gewinnen zu können. Komm Herzl, schön essen. Dein Ofen braucht doch auch genügend Kohle, um laufen zu können. „Es ist wie bei deinen geliebten Lokomotiven." Bei diesen Worten grinst er breit von einem zum anderen Ohr und ich darf die Schnitte in seinen Mund schieben. Genüsslich beißt er ab.

Rettungsmission erfolgreich beendet.

Achtung

Selbstschutz steht an erster Stelle!

Du bist erschöpft und ausgelaugt von der Pflege. Du fühlst Dich einsam, da das gesellschaftliche Leben auf ein Minimum reduziert ist. Du fühlst dich schuldig, weil du glaubst nicht genug zu tun oder Gedanken wie: „Das muss doch endlich mal vorbei sein..."sich leise in deinen Verstand einschleichen. Dein Lachen ist nur noch gespielt und Träume scheinen verloren.

Stopp

Du musst Hilfe annehmen. Du musst Sorge tragen für Dich. Du musst Auszeiten nehmen.

Warum

Nur dann kannst du zu hundert Prozent und mit Kraft und Liebe die helfende Hand sein, die du sein möchtest!

Wichtig: Schuld erdrückt und ist zu keinem Zeitpunkt lebensdienlich!

Kapitel 23

Die Kolumnistin

Ich hänge an ihren Lippen und kann mich kaum von ihnen lösen. Es warten noch andere Bewohner, aber sie hat die Gabe Sätze zu bilden, die neugierig machen und den Zuhörer fesseln. Ihr Leben könnte Bücher füllen und viele würden auch die 10 Euro für eine Filmvorstellung zahlen. Sie hat mit Haut und Haaren Geschichte gelebt. Ich werde wahrscheinlich die Mittagspause sausen lassen und das wird mir keineswegs schwer fallen.

Ach wie schön, meine liebe neue Freundin, die mich Löcher in den Bauch fragt und sich die Zeit nimmt zuzuhören. Sie erinnert mich manchmal an mich in jungen Jahren. Wieder fragt sie ganz gespannt, was dann geschah. Wir sind gerade im Jahre 1964, also kurz nach dem Mauerbau und mein Mann und ich wollten die Republik verlassen. Er hatte schon des Öfteren Probleme im Betrieb gehabt, weil er falschen Freunden seine Sehnsucht zur Heimat schilderte, die nicht in der russischen Besatzungszone lag.

Sind sie erwischt worden?

Ruhig Blut mein Mädchen. Diese jungen Dinger und ihre Neugierde. Wenn ich zurückdenke an die Erlebnisse, dann kann ich immer noch den Zigarrenrauch aus dem Abteil neben uns riechen, das klirren des Schlüssels hören, der mir aus den zitternden Händen glitt und die warme Hand meines geliebten Mannes spüren, die beruhigend auf meinem Oberschenkel lag. Ich hatte große Angst, wusste ich doch, welche Verhörmethoden die Stasi bevorzugen würde. Die Grenze näherte sich und der Zug hielt mit lauten Schienengeräuschen. Alles in mir verkrampfte sich. Die Schritte der schweren Stiefel hallten drohend in meine Ohren und der einzige Ruhepol, der mir blieb, war das sanfte Lächeln auf den Lippen meines Mannes und sein Kraftvoller tröstender Händedruck. Ein junger Mann, der überaus motiviert schien und sicher auch im Schlaf seine Waffe hätte auseinander und zusammen bauen können stand im Türrahmen unseres Abteils. Sein Blick schweifte durch den kleinen Raum und jeder meiner Herzschläge hämmerte dröhnend im Kopf. Mit dem Wissen und den schauspielerischen Talenten, die ich mir im Laufe meines Lebens angeeignet habe, hätte ich sicher mehr Ruhe ausgestrahlt, aber in dem damaligen Moment zählte ich erst zarte 36 Jahre.

Und dann?

Ich könnte lachen. Sie hält es kaum aus. Ich werde es spannend machen. Jedes Mal, wenn sie zu mir kommt ein Häppchen. Immer schon gern habe ich Geschichten erzählt und zu Papier gebracht. Ich unterhielt gern und freue mich, es hier wieder zu dürfen. Aber mich drängt nichts mehr. Ich habe Zeit bis zum Tod und möchte ihr Interesse an meinem Leben, den Wissensdurst und ihre erfrischende Art intensiv genießen.

Für heute lässt sie mich zappeln und ich grinse in mich hinein. Ich würde es sicher nicht anders machen. Das Ende der Geschichte kenne ich. 50 Jahre im anderen Teil Deutschlands und nun erlebt sie die letzten Ticken des Zeigers der Lebensuhr in Heimatgefilden. Sie ist eine Ausnahmeerscheinung. Intelligent, gewitzt und lebensbejahend. Ich freue mich auf viele gemeinsame Stunden, die angefüllt sind mit echtem Leben!

Biografie vor dem Fall des Falles

Schreibe deine Lebensgeschichte in kleinen Auszügen nieder. Lass den späteren Leser wissen, was du magst oder nicht. Schau dir alle Lebensbereiche (Beziehung, Familie, Gesundheit, Arbeit, soziales Umfeld...) an und notiere deine Routinen.

Vorteil:

Du setzt dich bewusst mit deinem Leben auseinander und erkennst vielleicht einen Mangel in bestimmten Dingen oder siehst, was alles schon ganz wunderbar ist und welche Erfolge deinen Weg kennzeichnen.

Geschenk:

Es besteht dadurch die Möglichkeit zur Veränderung in Richtung Lebenssinn und Fülle in allen Lebensbereichen!

Im Falle der eigenen Pflegebedürftigkeit sind deine individuellen Gewohnheiten bekannt und können geachtet werden.

Kapitel 24

Die Männertagsfeier

„Es gibt kein Bier auf Hawaii, es gibt kein Bier..." Ein Ohrwurm, den ich heute mit ins Bett nehmen werde. Ich fühle mich ausgelaugt und bin bereits um 16:00 Uhr am wegschlummern. Man fühlt sich wie eine Löwendompteur, ein Zirkusclown und Luxusresortanimateur in Einem. Wir reißen uns ein Bein aus, um ein Lachen, Klatschen oder gar ein Mitsingen zu erheischen.

Ich komme in den Saal, na wenigstens sind die meisten doch schon hier. Noch ein schnelles Telefonat mit Station eins, um auch die restlichen Mannsbilder einzusammeln und dann geht's los. Wo ist eigentlich unser bestellter Akkordeonspieler. Ruhig Blut, es gibt immer ein Plan B. Kann mal jemand aus der Küche den Wagen holen...selbst ist die Frau. Ich werde eine Kilometerpauschale beantragen. Die Gänge hier erinnern an 100 Meter Bahnen. Schaden tut's mir wohl nicht, statt ein Blatt im Wind bin ich eher der Fels in der Brandung. Zwei Kästen Bier, ein Zwiebelkuchen und jede Menge Fettschnittchen drapiert auf silbernen großen Tellern. Das Auge isst schließlich mit. Wieder zurück und was erblicke ich erfreut, unser Alleinunterhalter hat nun doch noch fünf Minuten vor der Angst zu uns gefunden. Der Arme hat jetzt schon Schweißperlen auf der Stirn und ich überlege, ob ich ihm ein Zimmer bei uns zeige. Mit einem unterdrückten süffisanten Lächeln erkläre ich ihm den geplanten Ablauf und gebe ihm einen Zettel mit dem Selbigen in die Hand. Noch mal kurz inne halten und durchatmen. *Meine Kollegin begrüßt alle und ich erzähle einiges zur Entstehung und Bedeutung des Tages zur Ehren des Manns und Vaters. Lächeln Herzl, sie werden schon noch auftauen. Mit Hilfe des Instrumentalisten und unsrer Stimmen schmettern wir lustige Trinklieder und auf Grund weiser Vorhersehung singen sogar einige Bewohner mit. Was ein kopiertes Blatt Papier mit Liedtexten so ausmacht. Natürlich mit extra großer Schrift versehen. Das alljährliche Fressgelage umfasst den mehr oder minder empfundenen Wohlgenuss von alkoholfreiem Bier und frisch gebackenen Zwiebelkuchen. Neidvoll und überrascht stelle ich fest, wie fantastisch dieser Gaumenschmaus riecht. Anscheinend hat der Koch heute einen Glückstag, denn solche Wohlgerüche sind wir in diesem Haus nicht wirklich gewöhnt. Sie stürzen sich darauf wie ausgehungerte Hyänen und fast macht sich Futterneid breit. Ich freue mich, in die schmatzenden zufriedenen Gesichter zu sehen und reiche dem Akkordeonspieler ein Glas Wasser und ein Taschentuch. Langsam mache ich mir schon Sorgen um ihn. Ein Klirren holt mich aus meinen Gedanken. Scherben bringen Glück, also schnell die Situation überspielen. Hossa Hossa... Erst zwanzig Minuten geschafft. Für mich fühlen sie sich an wie Stunden. Aber noch sind ja einige Tagesordnungspunkte zu erfühlen. Wir singen ein Prosit und meine Kollegin bereitet sich für die „Heißen Höschen! „ ein illustres Gedicht" vor. Ich schenke in der Zwischenzeit das Bier in die Gläser, um die vom Essen durstig gewordenen Kehlen zu beruhigen.*

Bitte bitte lass jetzt keinen auf Toilette wollen. Unser musikalischer Akt wechselt während seines Spieles langsam die Gesichtsfarbe von einem gesunden rosa in ein besorgniserregendes tiefes Bordeauxrot und ich überlege, ob es sinnvoll wäre ihm homöopathische Mittel gegen Bluthochdruck zu empfehlen. Die Meute ist abgefüttert und herzhafte

Rülpser erfüllen den Raum. Mit vollem Enthusiasmus steuern wir Richtung Höhepunkt. Das Röschen mit den Höschen ist ein regelrechter Reißer und Einem, der uns Anvertrauten, rutscht vor Lachen die untere Zahnreihe aus dem Mund. Ein voller Erfolg. Die Männerbande lacht und klatscht. Die wochenlangen Vorbereitungen, das Tische rücken, die Fettschnittchen schmieren und das Programm erstellen, haben sich zu guter Letzt gelohnt. Ich erlöse den Akkordeonspieler und stimme zu einem letzten gemeinsamen Lied an. Sie singen aus vollen Kehlen „Adelheid" und schunkeln in den Sitzreihen. Eine Stunde später sieht es so aus, als hätte nie eine Feier stattgefunden. Fein säuberlich die Tische und Stühle gehoben und zurück in akkurate Reihen platziert. Alles steht wieder bereit für den nächsten Einsatz. Ich treffe unsere Königsfamilie und ernte ein Lob, doch was wesentlich schwerer wiegt ist das Lächeln meines Kriegsveteranen. Jeder Schweißtropfen, jedes krächzen der Stimme durch das laute Reden und die schmerzenden Füße sind es wert, wenn man dafür eine Seele erreicht, die verlernt hat zu lachen.

Lache MIT dem Menschen, der an Demenz erkrankt ist!

Lachen festigt soziale Bindungen.

Lachen mindert Ängste.

Lachen schafft Erleichterung.

Lachen kann drohende Konflikte abwenden.

Lachen ist gesundheitsfördernd.

Wenn Du zu belastet bist und ein Lachen unvorstellbar scheint, dann hilft folgende Übung:

Lächle in voller Absicht. Grinse quasi mindestens eine Minute lang über das gesamte Gesicht!

Dein Körper kann nicht unterscheiden zwischen natürlichem oder gestelltem Lächeln und belohnt dich mit Glückshormonen!

Kapitel 25

Die Endpflege

Warum stinkt es hier so. Ein süßlicher, unangenehmer Geruch liegt im Zimmer und er scheint sich regelrecht in meine Nasenscheidenwände hinein zu fressen. Ich kenne sie noch nicht. Ein Neuzugang von gestern Abend. Sie ist komplett eingepackt mit Lagerungsmaterial. Ihre Hautfarbe erinnert an einen verregneten Novembertag. In der Kurve stehen Unmengen an Diagnosen und das fettgedruckte Word Endpflege. Keine schöne Art der Dokumentation, denn im Grunde genommen kommen sie alle zu uns als Endpflege, der Eine muss nur schneller gehen, wie der Andere. Ich atme flach und merke wie sich Traurigkeit in mir ausbreitet. Ich kenne ihre Geschichte nicht, ich weiß nichts von ihren Sünden und ihren Freuden, aber der Körper, der in diesem Bett in Embryonalstellung eingemummt ist, weckt großes Mitgefühl.

Ich kann kaum noch sprechen, an Laufen ist schon lange nicht mehr zu denken und meine Essen nehme ich teelöffelweise als pürierte Masse mit immer gleichem Geschmack zu mir. Die Tage verschwimmen, aber die Schmerzen halten mich dauerwach. Wie grelle Blitze zucken sie durch meinen Körper und ich kann oftmals ein Wimmern kaum unterdrücken. Mein Blick wandert immer wieder zur Uhr. Noch eine Stunde. . .

Ich begrüße sie und schenke ihr ein warmes Lächeln. Sie sieht mich an mit ihren großen grünen Augen, die so unendlich müde aussehen. Ein leises „Guten Tag" kommt über ihre Lippen. Zwei Schwestern betreten das Zimmer und ich bitte darum, bei dem nun anstehendem Verbandswechsel beiwohnen zu dürfen. Wie ein ängstliches Reh sieht sie zu, wie die einzelnen Materialien bereitgelegt werden und instinktiv nehme ich ihre weiche kalte Hand in meine und streichle sie mechanisch. Wir beide nicken uns zu und atmen tief ein. Die Pflegerin nimmt die Decke und die Lagerungskissen weg. Ich muss mich stark zusammenreißen, um nicht in völligem Entsetzen zu erstarren. Überall weiß, an den Ellenbogen, den Hüften und den Fersen. Verbände über Verbände und ich begreife, warum sie so hohe Schmerzdosen bekommt.

Ich muss die nächsten 60 Minuten überstehen, dann bekomme ich wieder das Morphium. Mein Seelentröster, meine Einschlafhilfe und mein Antischmerzelixier. Lass meine Hand nicht los.

Die Schwestern beginnen mit ihrer Arbeit und der Anblick, aber ganz besonders der Geruch bringt mich an Grenzen. Mein Magen stößt sauer auf. Ich habe so einige Dekubiti in den letzten Jahren gesehen, aber das hier ist wirklich ein grausamer Anblick und unmenschlich. Tiefe Wunden, die das Weiß der Knochen freigeben. Kein Mensch kann sich vorstellen, was sie tagtäglich erleiden muss und ich bete inständig, dass sie doch bald erlöst wird. Kaum ein Laut kommt aus ihrem Mund. Erstaunlich, was ein Mensch zu ertragen im Stande ist.

Sie zeigt unendliche Größe. Was hält sie am Leben, warum kann sie nicht loslassen.

Nur noch die rechte Ferse dann gehören 24 Stunden wieder mir. Ich muss durchhalten. Nur noch wenige Tage, dann erblickt mein kleiner Urenkel das Licht der Welt. Ich bin es leid, ich will raus aus dieser kaputten Hülle, aber ich möchte doch so gern seine kleine Hand in Meiner spüren. Nur ein einziges Mal ihn sehen und riechen. Er kommt und ich gehe. Das ist doch ein guter Tausch. Durchhalten…

Sie ist vollkommen erschöpft. Ich wische ihr den kalten Schweiß von der Stirn und reiche ihr löffelweise Wasser. Die Schwester versorgt sie mit Schmerzmittel und ich kann spüren, wie der zutiefst geplagte Körper unserer neuen Hausbewohnerin langsam entspannt. Auf ihrem Nachtschrank steht ein Bilderrahmen mit einem Familienfoto. Viele Gesichter, die so aussehen, als hätten sie eine gute Zeit zusammen. Vielleicht wartet dort noch etwas auf sie. Ich spüre ihren Blick von der Seite und einen leichten Druck ihrer Hand. Wir lächeln uns an und ich wünsche ihr einen erholsamen Schlaf.

So ein schönes Bild mit all meinen Lieben. Bald habe ich es geschafft. Es war ein gutes, wirklich gutes Leben.

Fehlerquelle Betrachtungsweise

„Meine Mutter erkennt mich nicht mehr!"

„Meine Oma kann mir nicht mehr vorlesen!"

„Mein Vater hat vergessen, wie die Fernbedienung vom Fernseher funktioniert!"

Wie wäre es mit:

„Meine Mutter weiß nicht mehr, wer ich bin, aber sie erzählt viel von ihrer Kindheit und da sind Geschichten dabei, die ich noch gar nicht kannte!"

„Meine Oma kann mir nicht mehr vorlesen, aber dafür sehen wir uns immer ein Märchen zusammen an, wenn ich bei ihr bin!"

„Mein Vater hat vergessen, wie die Fernbedienung vom Fernseher funktioniert, aber dafür kann er den einen Knopf am Radio andrehen und freut sich über alte Schlager."

Kapitel 26

Die Bettnachbarinnen

Sie macht sich jetzt noch breiter. Ein Ständer für ihre komische Sonde steht mitten im Weg. Die kann ja nicht mal mehr essen. Irgend so ein Infusionsding piept ständig. Ob man davon einen Tinnitus bekommen kann? Als ob ihre Schnief- und Hustenattacken nicht reichen würden. Am schlimmsten sind jedoch die Nächte. Sie schnarcht so laut, dass ich kein Auge schließen kann oder immer wieder aus dem Schlaf gerissen werde. Das hält doch kein Mensch aus. Ich kann einfach nicht mehr. Ein Einzelzimmer wäre zurzeit nicht verfügbar. Wäre zu schön, wenn bald einer wegstirbt. Ist mir egal, ob ich für solche Gedanken in die Hölle komme. Ich ekel mich so sehr vor ihr, besonders die Schleimattacken die ihre Nase da produziert sehen alles andere als gesund aus. Die Schwestern halten sie hier am Leben. Wofür denn um Himmels Willen?

Meine Bronchien sind stark mit Schleim belegt und jedes Husten hört sich bei mir an, als brülle ein Löwe. Im Wechsel durchlebe ich Schlaf- und Wachphasen. Oftmals leide ich unter massiven, bis zum Erbrechen führenden Hustenanfällen und spucke über das Bettgitter auf den Fußboden. Todesängste quälen mich, aber ich schaffe es nicht mehr, Kontakt nach außen aufzunehmen. Ich bin vollkommen saft- und kraftlos. Was soll das alles noch?

Ich fühle mich vollkommen meiner Ruhe beraubt. Die Familienangehörigen meiner Zimmernachbarin kommen jeden Tag zu Besuch und bleiben Stunden. Weder am Tag noch in der Nacht kann ich wirklich schlafen. Andauernd geht die Tür auf oder zu und es herrscht reges Treiben im Zimmer. Infusionen werden gewechselt, sie wird hin und her gedreht und die Putzfrau liegt oftmals mit dem Nassstaubsauger an, um ihr Erbrochenes wegzuräumen. Ich merke, wie ich langsam in ein Loch falle und mich immer mehr zurück ziehe. Mich selbst verliere. Ich kann nicht mehr zur Wehr setzen, habe keine Kraft, um selbständig zu laufen und keinen Hunger oder Durst.

Ich kann nicht mehr allein essen oder trinken und mein Körper verfällt Stück für Stück. Ich sterbe in Raten und finde diese flüsternden Menschen, die an meinem Bett wachen unerträglich. Glauben sie den wirklich, ich wüsste nicht, was mit mir geschehen wird? Wo bleibt ihr Taktgefühl. Anstatt von meinem Ableben und meinem Besitz zu sprechen sollten sie lieber meine Bibel aufschlagen und vorlesen. Das wäre tröstlich. Sie merken nicht, wie sie meine Seele foltern. Mein Zustand entbehrt doch schon gänzlich aller Würde. Sie bringen Blumen mit, die ich nicht mehr riechen kann. Auf die Idee, mal meine trockenen Lippen zu befeuchten, kommen sie nicht. Bin ich ungerecht, verlange ich zu viel? Warum haben sie verlernt mich zu sehen?

Welche Lebensqualität bleibt mir denn noch hier. Sie vertrösten mich Tag um Tag.

Mit einem Lächeln gehe ich schnellen Schrittes Richtung Doppelzimmer. Ich habe gute Nachrichten. Das Obergeschoß wurde ausgebaut und es steht ein Einzelzimmer zur Verfügung. Ich habe mich dafür ausgesprochenen, diese arme geschundene Seele dort einziehen zu lassen. Es ist ein kleines schönes helles Zimmer. Die Aasgeier, die darauf lauern, dass sie stirbt, haben es dort nicht mehr so bequem und werden sie vielleicht ein wenig mehr in Ruhe lassen. Unser ansässiger Pfarrer ist so lieb und wird ab jetzt jede Woche zu ihr kommen. Für beide Frauen wird das Leben wieder lebenswerter. Wenn ich fünf Minuten später zur Besprechung gekommen wäre, dann würde jetzt ein anderer Name auf dem Umzugsschreiben stehen. Es gibt keine Zufälle!

Struktur schont dein Nervenkostüm

Rituale einhalten (z.B.: beim Zubettgehen)

Gleichbleibender Ablauf für Alltagshandlungen

Feste Zeiten (z.B.; für das Aufstehen, die Mahlzeiten und Zubettgehen)

Abweichungen (z.B.: Arztbesuch) sind Ausnahmen!

Feste Gewohnheiten führen
zu Sicherheit und Geborgenheit!

Kapitel 27

Die Kolumnistin Teil 2

Da sind wir wieder. Ich kann es kaum erwarten. Sie lässt mich an der langen Leine verhungern. Ich frage ungeduldig, wie es weiter geht. Sind sie verhaftet worden? Mussten sie ins Gefängnis? Oder gelang die heißersehnte Flucht?

Wo waren wir stehen geblieben. Ach ja, ich weiß wieder. Ich könnte lachen, wie sie an meine Lippen hängt, na da wollen wir ihr den Wunsch mal erfüllen und weiter erzählen. Im Zugabteil herrschte damals Totenstille und mein Herz hämmerte wild in meinem Brustkorb. Der Soldat fragte nach den Ausweisen und den Ausreisegründen. Wie abgesprochen erzählten wir von dem Besuch bei der Familie meines Mannes und dem anstehenden Geburtstag seiner Mutter. Der junge, vor Kraft strotzende Mann las aufmerksam die Papiere durch und musterte besonders meinen Gatten mit einem ernsten durchdringenden Blick. Ich konnte nicht mehr denken. Mein Atem ging so flach, dass eine Ohnmacht lauerte. Ich wollte schreiend wegrennen, aber meine Beine hätten ihren Dienst nach wenigen Metern versagt.

Dieser Augenblick des Urteils zum Guten oder Schlechten, Richtung Freiheit oder dunkle Qual zog sich rein gefühlsmäßig endlos lang. Im Inneren sah ich Bilder von schwarzen Kellerlöchern, die mit kaltem Wasser knietief gefüllt waren. So viele Horrorgeschichten hatte man hinter vorgehaltener Hand gehört. Ich erzitterte und senkte den Blick. Von weiten, wie durch einen Schleier hörte ich die erlösenden Worte „Gute Weiterfahrt!"

Ein Seufzer entweicht mir und ich entspanne meine Zunge, die am Gaumen regelrecht festgenagelt ist. Sie haben es also geschafft. Sie kann so spannend erzählen, jede Sehne meines Körpers ist zum Zerreißen gespannt. Auf in ein neues Leben in Freiheit.

Ich kann nicht beschreiben, was in diesem Moment mit mir geschah. Es gibt wenige, so wertvolle Augenblicke im Leben. Die Welt schien still zu stehen und alles vereinte sich zum großen Ganzen. Diese Erfahrung brannte sich tief in meine Seele. Ich weinte vor Glück, als die Männer in Uniform unser Abteil verließen. Selbst mein starker Mann fiel in sich zusammen und legte erschöpft sein Gesicht in meinen Schoß. Unser Leben würde sich nun von Grund her ändern.

Ich möchte so gern mehr von ihrem neuen Lebensabschnitt hören, aber es ist Mittagszeit und ich muss sie zum Speisesaal bringen. Wenn ich sie so zufrieden lächelnd in ihrem rollenden Gefährt betrachte, sehe ich die prächtige farbenfrohe Aura, die sie umgibt. Sie ist genügsam, angefüllt mit Erlebnissen, Gefühlen und Erfahrungen. Ich danke ihr, dass sie mich daran teilhaben lässt.

Verschnaufpause

Du musst nicht den ganzen Tag der Animateur,
der Versorger, der Hilfesteller sein.

-atme-

Es genügt häufig einfach deine Nähe!

Wir sind Alle miteinander verbunden.
Das SEIN ist oftmals wertvoller wie teilweise irreführende Gespräche.

Kapitel 28

Die Gottesfürchtige

Mindestens einmal in der Woche gehört dieser Bewohnerin eine Stunde meiner Lebenszeit. Ihre Augen leuchten, wenn sie mich erblickt. Seitdem ich ihr einen Schutzengel auf Leinwand gemalt habe und wir gemeinsam einen Platz dafür in ihrem Zimmer gefunden haben, von wo aus sie es nun jeder Zeit betrachten kann, zeigt sie mir offen ihre Liebe und wartet sehnsüchtig auf meine Besuche. Oftmals ist sie krankheitsbedingt an ihr Bett gefesselt. Wir sind sehr innig miteinander und bei jedem Wiedersehen wünscht sie mir Gottes Segen. Ihre Leidensgeschichte ist ergreifend und hält an ohne Aussicht auf Besserung!

Herr, wie dankbar ich dir bin für mein zu Hause hier und dass du liebe Menschen zu mir schickst. Sie hören mir zu und stehen mir bei in den schmerzvollen Stunden. Ich weiß nicht, warum du mir diese Last auferlegt hast, aber ich trage sie, so wie du dein Kreuz getragen hast, um die Sünden der Menschheit reinzuwaschen. Ich bitte dich nur inständig darum, dass wenigstens in den Nächten die Qual erträglicher wird. Stundenlang liege ich wach und wälze mich hin und her. Ich will nicht barmen, denn du hast immer deine Hand schützend über mich gehalten. Du hast dich mir offenbart in einer dunklen Zeit. Hast mir die Flucht aus des Feindes Hand in Kriegszeiten gewährt. Dennoch hadere ich manche Tage ganz im Stillen mit meinem Schicksal. Verzeih mir Herr.

Die Krankheit Parkinson fordert tagtäglich ihren Tribut von ihr. Sie ist unersättlich und zwingt diese genügsame, liebenswerte Frau in einer körperlichen Starre zu verharren, die an einen rostenden Roboter erinnert. Nach außen wirkt sie nichtsdestotrotz jederzeit gefasst und lächelt freundlich, sofern das ihre Mimik noch zulässt. Für jeden Hausbewohner, die Schwestern, Pfleger, die Reinigungskräfte und auch für mich hat sie ein offenes Ohr und einen passenden Bibelspruch, wenn sie spürt, dass einer von uns Trost benötigt.

In ihrer Nähe fühle ich mich noch sehr jung, geradezu unerfahren, denn sie strahlt über alle Maßen Wärme und Weisheit aus.

Diese gestandene Frau scheint ihr Leiden hinzunehmen, ohne zu hinterfragen, warum gerade sie so schwer erkrankt ist.

Vor ungefähr fünf Jahren wurde die Diagnose gestellt und dann ging es trotz Medikamente relativ schnell bergab. Ich weiß, dass sie Schmerzen hat und kaum noch fähig ist zu schlucken. Sie kaut unzählige Male an einem winzigen Stück Brötchen. Eine Geduldsprobe für uns Alle. Jede Mahlzeit stellt eine Herausforderung dar, die dem Besteigen des Mount Everest ähnelt. Mechanisch hebt und senkt sich ihr Oberkiefer mit kaum merklichen Bewegungsausmaß und man fühlt sich fast schon dazu vergewaltigt mit zu kauen.

Sie ist eine gute Seele gefangen in einem eisernen unbeweglichen Panzer aus festen Sehnensträngen. Ihre Kraft schöpft sie aus dem Glauben an Gott, aus Gebeten und den Andachten, die wir bei uns im Haus anbieten. Ich weiß nicht, was ich für eine Rolle für sie spiele, denn der Gedanke, dass ich ihre Schmerzen lindern könnte, wäre nur Futter für mein Ego. Sie lehrt den Menschen unserer Wohngemeinschaft Bescheidenheit und tiefe Dankbarkeit für die farbenfrohen, intensiven, lehrreichen und vollkommenen Momente des Lebens.

Neuzeit

Digitale Demenz:

„Muss ich mir nicht merken!"

Da sich die Menschen mehr auf die Informationssuche im Internet als auf das Erinnern verlassen, entwickelt sich die Gehirnfunktion des Suchens, während sich die Gedächtniskapazität vermindert. Eine starke Abhängigkeit von digitalen Geräten vermindert die Fähigkeit, sich zu erinnern.

Positive Sichtweise:

Wie ein digitaler Besen schafft der digitale Speichervorgang Raum für neuen Stoff im Oberstübchen.
Der Gedächtnisforscher Gary W. Small von der University of California in Los Angeles etwa sieht die digitalen Stützen als eine Optimierung einer ohnehin vorhandenen Tendenz des Gehirns zur Arbeitsteilung:

"Wenn ich weiß, dass meine Frau Name und Adresse unseres Zielortes kennt, muss ich mir das nicht selbst merken."

BONUS
Gedankenspiele fürs Synapsentraining

Haben sie sich schon einmal Gedanken darüber gemacht, wohin sie am liebsten reisen würden? Orte gibt es derlei viele, obschon dem Geschmacke nach Etliche gestrichen werden können. Ja... wir genießen es abzuhängen, bespasst zu werden und möglichst dabei ein Bändchen am Arm zu tragen, welches dazu berechtigt, wohlgenährt und wankend in einer weichen Dreisternematratze zu versinken. Zwei Wochen Fressgelage und zur Beruhigung des schlechten Gewissens eine Rundfahrt, um Blicke auf einige wenige Kulturstätte zu erhaschen und mit Selfies das Ganze für die wwwmischpoke sekündlich festzuhalten. Am Ende behalten wir zwei Kilo Andenken, meist angesiedelt in der Körpermitte und verfallen wieder ins alltägliche Dauermurren und "Die ganze Welt ist schlecht"-Gefühl.

Ich hätte da eine Alternative für Sie. Quasi kostenfreier Eintritt in jedwedes gewünschtes Urlaubsfeeling, ganz im Sinne der neuzeitlichen Abstandsregel. Genannt wird das Ganze: Tagträumerei. Ein herrliches Hilfsmittel, um selbst unangenehmste Situationen in schönste Reiseszenarien zu verwandeln. Kritikübende Vorgesetzte sind wilde Tiere in der Serengeti, die es zu bewundern gilt. Auf halb acht hängende Dachschindeln während Dauerregen werden zu einem gigantischem Wasserfall der uns lockt mit kristallklarem Wasser, Einkaufshallen werden zu affenbesetzten Dschungelwäldern und Asphaltarbeiten in der Sommerhitze laden uns ein in Zelten der Nomadenstämme Platz zu nehmen. Vertrauen sie mir, für jede Situation wird sich eine Gedankenreise als Pendant finden lassen. Das Ganze hat auch den Vorteil, dass sich flugangstbesetzte Leidensgenossen wagemutig ins ferne Japan trauen, um Kampfkünste zu erlernen und korpulente Rubensfrauen wie ich es eine bin, sich in die schwarze Mamba setzen und die Seele aus dem Leib schreien können während dem wilden Ritt. Natürlich ohne grinsende Glotzer, die tiefste Freude empfinden, wenn der nette Aufpasser von nebenan meint, man passe nicht in den Sitz der Achterbahn und sich die Mäuler schamlos zerfetzen. Des Weiteren ist der ach so verrufene und heiß diskutierte Klimawandel keine Hürde mehr, denn es herrscht persönliche Schönwettergarantie, wie stimmungsmäßig gewünscht. Hartz 4 vereint mit hochdekorierten Würdenträgern, alleinerziehende depressive Mütter vereint mit goldbehangener Vorstadtwohlstandshure. Wenn das mal nicht Demokratie ist, dann weiß ich auch nicht weiter.

Grundvoraussetzung ist jedoch ein Mindestmaß an Fantasie und unter uns gesagt auch an Intelligenz, zumindest wenn man komplexe Gebilde erschaffen möchte. Und schon wären wir am Kernproblem angekommen. Nun Sie lieben Leser, lasse ich natürlich gern außen vor, gehe ich doch davon aus, das dies nicht die ersten Zeilen sind, die sie erreichen und ausbaufähige Erfahrungswerte bestehen, was das Vorstellungsvermögen angeht.

Die Masse gleicht indes einem überfütterten Augenkind. Sie saugen täglich tausende Bilder auf und lassen sich berieseln durch allerlei Gerätschaften, die bunte Pixel erzeugen. Kein Platz mehr für eigene Gedanken. Jedes Abteil des Zuges der auf den Gehirnbahnen kreist ist besetzt. Feine Geschichte für Politik und Macht, denn nichts ist schlimmer als ein selbstdenkendes Individuum, aber jedes Erblühen eigener Welten wird im Keim erstickt.

Gehen sie mutig voran und bauen sie an neuen Realitäten und lassen sie doch bittschön auch den Otto Normalverbraucher wissen, dass sich Gedanken manifestieren und jeder von uns die Möglichkeit hat das Paradies auf Erden zu erschaffen. Wir sollten sie jedoch im Glauben lassen, dies funktioniere nur im positiven Sinn. Nur so zur Sicherheit...

Qualitätszeit

Es zählt nicht die Anzahl der Besuche bei Deinem demenziell veränderten Angehörigen, sondern die Intensität des gemeinsam verlebten Augenblickes.

Setze Dich nicht unter Druck mit dem falschen Anspruch:

„Ich fahre jeden Tag zu meiner Mutter ins Heim,

wenigstens ein paar Minuten nach der Arbeit!"

Niemand gewinnt und auf beiden Seiten herrscht Frust oder Unverständnis.

Wie wäre es mit:

„Ich fahre jede Woche einmal, wenn es mir möglich ist auch gern zweimal, zu meiner Mutter. Wir trinken dann ganz gemütlich eine Tasse Kaffee zusammen oder spielen eine Runde „Mensch ärgere dich nicht". Manchmal ist sie müde, dann halte ich einfach ihre Hand oder lese etwas vor. Gern erzählen wir alte Geschichten beim Anschauen von Familienfotos."

Zeit für den Abschied

Aber nicht ohne Dein besonderes Geschenk als Danke-schön:

Oder:

www.hilfezentrum-demenz.de/abschiedsgeschenk-buch

Danke für Dich in meinem Leben!

Möchtest Du mehr von mir und meiner Arbeit wissen oder benötigst du eine Beratung zum Thema Demenz, dann besuche mich auf meiner Webseite www.hilfezentrum-demenz.de.

Du kannst mich gern auch per email anschreiben: nadja-hebert-demenzberatung@freenet.de

Für pflegende Angehörige, die über einen längeren Zeitraum einen Coach an ihrer Seite brauchen, der sie raus aus der Schwere und wieder hinein in die Leichtigkeit geleitet, biete ich meine Dienste in der Leichtigkeitsschmiede an.

Mein life coaching ist zukünftig auf der Webseite www.leichtigkeitsschmiede.info zu finden.

Des Weiteren erscheinen täglich neue Impulse zum Thema Demenz auf meinem Instagram Profil leichtigkeitsschmiede.

Feedbacks zu meines Beratungen und Lebensbegleitungen (life-coaching):

Liebe Nadja, deine Stimme hat mich nicht nur durch den Prozess geleitet, sondern getragen. Das Gefühl und die Liebe in deiner Stimme haben es geschafft, dass ich mich entspannen konnte und auf die Reise ins Unterbewusstsein gehen konnte. Ich habe mein inneres Leuchten entdeckt. Auch Tage später fühle ich mich noch voller positiver Energie! Meine Dankbarkeit begleitet dich und ich trage dich im Herzen! Danke liebe Nadja!

Bettina

Liebe Nadja, danke! Danke für Deine Zeit, Deine Liebe und Deine Mühe, die Du in das Gespräch gesteckt hast. Meine Eltern und ich haben uns per zoom zu dem Beratungsgespräch getroffen, um uns bei Dir Hilfe zu holen. Da meine Oma demenzkrank ist, ist der Umgang mit ihr nicht immer einfach, besonders für meinen Vater, ihren Sohn. Durch das Gespräch hast Du uns allen hilfreiche Tipps gegeben und auch die Denkmuster eines Demenzkranken erklärt. Meine Eltern sind davon nachhaltig gestärkt und beeindruckt. Mein Vater fühlt sich der Situation jetzt gewachsen. Deine tools nutzen wir auch in Zukunft und wir würden jederzeit bei Bedarf Deine Beratung wieder in Anspruch nehmen! Ein großes Lob!

Sonja

Liebe Nadja, mein Herz schreit Hurra. Jetzt kann ich endlich meine wahre Größe annehmen und leben. Danke für die Hilfe beim Formulieren meines Zieles und dem Finden meines Warums. Du hast mich liebevoll und einfühlsam begleitet.
In Liebe und Verbundenheit!

Ilka

Liebe Frau Hebert! Ich möchte Ihnen von Herzen für das einfühlsame Gespräch danken. Aus einer Beratung zum Erstellen einer Patientenverfügung wurde eine Mutter-Tochter Zusammenführung. Ich bin glücklich und befreit von einer großen Last. Vielen lieben Dank!

Helga

Was ich Dir noch sagen möchte

In meinen annähernd 20 Berufsjahren durfte ich unzähligen Menschen mit fachlichem Wissen zur Seite stehen.

Meine Beratungstätigkeit hat sich innerhalb des letzten Jahres stark verändert. Das Gefühl des Mangels bei den Menschen, die um meine Hilfe bitten, betrifft nicht nur Wissen um das Krankheitsbild Demenz, sondern geht weit darüber hinaus. Des Weiteren stehen vielen Angehörigen alte Glaubenssätze im Weg, um mit mehr Leichtigkeit durch den Pflegealltag zu gehen.

Es ist immens wichtig, um langfristig ein Leben im Füllebewusstsein zu führen, das heißt ein positives Gleichgewicht in allen Lebensbereichen (Beziehung, Familie, Gesundheit, Arbeit, Finanzen, soziales Umfeld…) zu erzielen, die drei Ebenen

Gedanken

Gefühle

Handeln / Tun / Umsetzen

stets mit einzubeziehen. So ist es möglich, die innere Kraft und das eigene Potential, bewusst zu erkennen und zu leben.
In jedem Menschen ist ein wundervoller Schatz verborgen und es liegt an ihm selbst, ob er dessen gewahr werden möchte.

Mein Lebenssinn ist es, mit Menschen zu arbeiten und sie auf ihrer Reise zu sich selbst und ihrer Vision hilfreich begleiten zu dürfen!

Dieses Buch wäre nie entstanden, wenn ich mich nicht mit Hilfe von großartigen Coaches und dem „Rückenfreihalten" meiner kleinen Familie auf die Suche nach meinem wahren Selbst begeben hätte. Für diese intensive Begleitung bin ich zutiefst dankbar!

Ich wünsche Dir viele Erkenntnisse aus den Geschichten und Impulsen zu Demenz und freue mich, wenn wir uns persönlich oder via Internet kennenlernen.

Nadja

Das Beste kommt zum Schluss: LPR!

Meine Formel für den Umgang mit neu auftretenden dementiell begründeten Auffälligkeiten im Verhalten bei Deinem zu Pflegendem:

LPR

Lösungsorientiertes Denken

Dein Satz des Tages: „Ich finde die Lösung"

Positive Betrachtungsweise

Welchen Nutzen kann ich aus der Situation ziehen?

Was will mir die Situation zeigen?

Wo muss ich hinsehen?

Ressourcendenken

Was könnte ich noch anders machen?

Wer kann mir helfen?

(Funktioniert auch für eigene Alltagsprobleme ☺)

Zeitfracht Medien GmbH
Ferdinand-Jühlke-Straße 7
99095 Erfurt, Deutschland
produktsicherheit@kolibri360.de